Patricia Cornwell

Gefahr

Ein Win-Garano-Roman

Aus dem Amerikanischen
von Andrea Fischer

| Hoffmann und Campe |

Die Originalausgabe erschien 2006 unter dem Titel
»At Risk« im Verlag G. P. Putnam's Sons, New York.
Ein Vorabdruck des Romans in Serienform
wurde im *New York Times Magazine* veröffentlicht.

Für Dr. Joel J. Kassimir,
einen wahren Künstler

1. Auflage 2006

www.hoca.de
Satz: Dörlemann Satz, Lemförde
Druck und Bindung: GGP Media GmbH, Pößneck
Printed in Germany
ISBN (10) 3-455-01105-5
ISBN (13) 978-3-455-01105-0

HOFFMANN
UND CAMPE

Ein Unternehmen der
GANSKE VERLAGSGRUPPE

1. Kapitel

Den ganzen Tag hat ein Herbststurm auf Cambridge eingepeitscht, nun schickt er sich an, in der Nacht das große Finale zu geben. Blitze durchzucken den Himmel, und es donnert, als Winston Garano (von den meisten »Win« oder »Geronimo« genannt) in der abendlichen Dämmerung am östlichen Rand des Harvard Yard entlangläuft.

Er hat keinen Regenschirm. Keine Jacke. Sein Hugo-Boss-Anzug und sein dunkles Haar sind durchnässt und kleben an ihm, die Prada-Schuhe sind völlig durchweicht und schmutzig, weil er beim Aussteigen aus dem Taxi in eine Pfütze getreten ist. Der schwachsinnige Taxifahrer hat ihn natürlich an der falschen Adresse abgesetzt, nicht vor dem Harvard Faculty Club in der Quincy Street 20, sondern beim Fogg Art Museum, aber eigentlich war das Wins Schuld. Als er am Logan International Airport ins Taxi stieg, sagte er zum Fahrer *Harvard Faculty Club, das ist in der Nähe vom Fogg*, weil er fand, diese Kombination klinge nach einem Harvard-Absolventen oder Kunstsammler und nicht nach dem, was er in Wirklichkeit ist, nämlich ein Beamter der Massachusetts State Police, der sich vor siebzehn Jahren in Harvard beworben hatte und abgelehnt worden war.

Dicke Regentropfen trommeln ihm wie nervöse Finger auf den Kopf. Als er auf den abgetretenen roten Ziegelsteinen inmitten des altehrwürdigen Harvard Yard steht und sieht, wie Menschen in Autos und auf Rädern vorfahren, andere zu Fuß vorbeigehen, unter Schirme geduckt, bekommt er Beklemmungen: Diese Menschen sind privilegiert, sie gehören hierher und wissen es, sie haben ein Ziel.

»Entschuldigung«, sagt Win zu einem Studenten in schwarzer Windjacke und ausgeblichenen Baggy-Pants. »Die Mensa-Club-Preisfrage des Tages?«

»Hä?« Der junge Mann blickt ihn mürrisch an, er hat gerade die Einbahnstraße überquert, einen durchweichten Rucksack auf dem Rücken.

»Wo ist der Faculty Club?«

»Dort drüben«, erwidert der Student unnötig patzig, weil Win bestimmt wissen würde, wo der Faculty Club ist, wenn er ein wichtiger Gast oder ein Fakultätsmitglied wäre.

Win steuert auf ein schönes Gebäude im Georgian-Revival-Stil mit grauem Schieferdach zu, im ziegelroten Innenhof blühen weiße Regenschirme. Warm leuchten die Fenster in der zunehmenden Dunkelheit, und das leise Plätschern eines Springbrunnens vermischt sich mit dem Prasseln des Regens. Win geht über die rutschigen Pflastersteine zum Eingang, fährt sich mit den Fingern durchs nasse Haar. Im Haus sieht er sich um, als habe er gerade einen Tatort betreten, registriert die Umgebung, bildet sich eine Meinung über den Raum, der vor über einem Jahrhundert der Salon eines wohlhabenden Aristokraten gewesen sein muss. Sein Blick wandert über die Mahagoni-Vertäfelung, persische Teppiche, Messingkandelaber, Ankündigungen von viktorianischen Theatervorstellungen, Ölporträts und eine alte, auf Hochglanz polierte Treppe, die zu Räumen führt, die Win wohl niemals betreten wird.

Er nimmt auf einem harten antiken Sofa Platz; eine Großvateruhr verrät ihm, dass er auf die Minute pünktlich ist. Staatsanwältin Monique Lamont (er nennt sie »Money LaMount«), die Frau, die sein Leben bestimmt, ist hingegen nicht zu sehen. In Massachusetts sind die Staatsanwälte am District Court für Mordfälle zuständig und verfügen über ein eigenes

Ermittlungsteam der State Police. Das bedeutet, dass Lamont jeden ihr genehmen Beamten in ihre persönliche Einheit beordern und jeden, der ihr nicht passt, hinauswerfen kann. Win gehört ihr, und sie hat ihre ganz eigene Art, ihn daran zu erinnern.

Dies ist der jüngste und schlimmste in einer Reihe politischer Winkelzüge und manchmal kurzsichtiger Entscheidungen, die Win manchmal Lamonts Phantasie zuschreibt. Diese Frau wird getrieben von unersättlichem Ehrgeiz und Machtwillen. Da beschließt sie aus heiterem Himmel, ihn in den Süden nach Knoxville, Tennessee, zu schicken, wo er die National Forensic Academy besuchen soll, und wenn er wiederkommt, soll er seine Kollegen über die neuesten Entwicklungen bei der Tatortermittlung aufklären, ihnen zeigen, wie man es richtig macht, fehlerfrei. Ihnen zeigen, wie man sicherstellt, dass keine Ermittlung, *und damit meine ich niemals, nie und wirklich nie, durch falschen Umgang mit Beweismitteln, nicht befolgte Vorschriften und versäumte Analysen verpatzt wird,* sagte sie. Er versteht das nicht. Die Massachusetts State Police verfügt schließlich über Tatortspezialisten. Warum werden die nicht nach Knoxville geschickt? Aber Lamont würde nicht darauf eingehen. Sie will sich nicht erklären.

Win blickt auf seine durchnässten Schuhe, die er für 22 Dollar in einem Secondhandladen für Designerbekleidung gekauft hat. Auf seinem grauen Anzug, für 120 Dollar im selben Geschäft erstanden, entdeckt er die ersten getrockneten Regenflecken. Er hat dort schon viele Designerstücke zum Schnäppchenpreis bekommen, denn sie sind gebraucht, stammen von reichen Menschen, die ihrer erst kürzlich für viel Geld gekauften Edelklamotten schnell wieder überdrüssig sind, oder von Kranken und Toten. Win wartet und macht sich Gedanken, fragt sich, was wohl so wichtig sein mag, dass Lamont ihn den weiten Weg von Knoxville herbestellt hat. Ihr arroganter

Pressesprecher Roy, dieses Weichei, hatte Win am Morgen angerufen, ihn aus dem Unterricht holen lassen und ihm ausgerichtet, er solle den nächsten Flieger nach Boston nehmen.

Jetzt sofort? Warum?, protestierte Win.

Weil sie es will, erwiderte Roy.

Im hoch aufragenden Gebäude der Staatsanwaltschaft in Cambridge kommt Monique Lamont aus dem privaten Badezimmer, das zu ihrem großen Büro gehört. Anders als viele Staatsanwälte und andere Menschen, die sich in der Welt des Strafrechts bewegen, sammelt Lamont keine Polizeimützen oder -abzeichen, keine ausländischen Uniformen, keine Waffen oder Fotos von berühmten Detektiven. Wer ihr solche Geschenke überreicht, tut es nur einmal, denn sie gibt sie ohne Zögern zurück oder verschenkt sie weiter. Nein, Monique Lamont liebt Glas.

Kunstglas, Bleiglas, Muranoglas, neues Glas, altes Glas. Wenn Sonnenstrahlen in ihr Büro fallen, gibt es ein Feuerwerk aus Regenbogenfarben; es blitzt, blinkt, glüht, funkelt in allen Farben des Spektrums, lenkt den Besucher ab, verwirrt ihn. Lamont präsentiert ihren abgelenkten, verwirrten Gästen gern diesen Regenbogen; anschließend lernen sie das schlimme Gewitter kennen, das ihm normalerweise vorausgeht.

»Nein, verdammt noch mal«, fährt sie an der Stelle fort, wo sie das Gespräch unterbrochen hat, als sie ins Bad ging. Sie setzt sich an ihren gewaltigen Schreibtisch, eine durchsichtige Glasplatte, die sie nicht im Mindesten davon abhält, kurze Röcke zu tragen. »Ich mache auf keinen Fall noch ein pädagogisch wertvolles Video über Alkohol am Steuer. Gibt es denn hier keinen außer mir, der mal ein bisschen um die Ecke denkt?«

»Letzte Woche in Tewksbury starb eine ganze Familie durch einen betrunkenen Fahrer«, sagt Roy von einer Couch, die dem Schreibtisch schräg gegenübersteht. Er betrachtet Lamonts Beine, wenn er glaubt, dass sie es nicht merkt. »Das ist den Bürgern weitaus wichtiger als irgendein alter Mordfall aus der Provinz, der hier keinen interessiert …«

»Roy!« Lamont legt die Beine übereinander und beobachtet Roys Reaktion. »Haben Sie eine Mutter?«

»Ach, bitte, Monique!«

»Natürlich haben Sie eine Mutter.« Lamont erhebt sich und geht auf und ab, wünscht sich, die Sonne käme heraus.

Sie hasst Regen.

»Wie fänden Sie es, Roy, wenn Ihre gebrechliche alte Mutter im eigenen Haus brutal zusammengeschlagen und ihrem Schicksal überlassen würde …?«

»Ach, ich bitte Sie, Monique! Darum geht's doch nicht! Wir sollten uns auf die ungelösten Mordfälle in Massachusetts konzentrieren, nicht auf Fälle aus der Walachei. Wie oft müssen wir das noch besprechen?«

»Sie haben keine Ahnung, Roy. Wir schicken einen von unseren besten Leuten hin und lösen den Fall. Dann bekommen wir …«

»Ich weiß, ich weiß: landesweite Aufmerksamkeit.«

»Wir strecken unsere sichere, starke Hand aus, um denen zu helfen, die weniger Glück haben, weniger … hm, die halt nicht viel haben. Wir bekommen die alten Asservate, lassen sie neu untersuchen …«

»Und Huber steht fein da. Am Ende sind es er und der Gouverneur, die die Lorbeeren ernten. Sie machen sich was vor, wenn Sie etwas anderes glauben.«

»*Ich* werde gut dastehen. Und dafür werden Sie sorgen …«

Sie bricht ab, denn die Bürotür geht auf. Gleichzeitig, vielleicht zu schnell, tritt ohne anzuklopfen ihr Referendar ein. Hubers Sohn. Kurz überlegt Lamont, ob er gelauscht haben könnte. Aber die Tür war zu. Unmöglich.

»Toby?«, sagt Lamont in schneidendem Tonfall. »Leide ich jetzt schon unter Paranoia, oder sind Sie gerade wieder hereingekommen, ohne anzuklopfen?«

»Sorry, tut mir Leid. Hab einfach zu viel um die Ohren.« Toby zieht die Nase hoch, schüttelt den kahl rasierten Kopf, wirkt leicht betäubt. »Ich wollte nur sagen, dass ich jetzt weg bin.«

Hoffentlich für immer, denkt Lamont. »Das ist mir völlig klar«, sagt sie.

»Nächsten Montag bin ich wieder da. Ich hänge ein bisschen auf Martha's Vineyard ab, ein bisschen chillen, mein Dad weiß, wo ich bin, falls Sie mich brauchen.«

»Haben Sie sich um alle anhängigen Sachen gekümmert?«

Toby schnieft erneut; Lamont ist sich ziemlich sicher, dass er ein großer Koksfan ist. »Ähm, zum Beispiel?«

»Ähm, zum Beispiel alles, was ich Ihnen auf den Tisch gelegt habe«, sagt sie und klopft mit ihrem goldenen Stift auf einen Schreibblock.

»Na klar. Ich bin brav gewesen und hab alles aufgeräumt und erledigt, damit Sie nicht auf mir rumhacken müssen.« Toby grinst frech, sein Hass auf Lamont schimmert durch seine Apathie. Dann geht er, schließt die Tür.

»Einer meiner größeren Fehler«, sagt Lamont. »Man soll nie einem Kollegen einen Gefallen tun.«

»Sie haben sich ja längst entschieden. Ihr Entschluss ist nicht mehr rückgängig zu machen«, kehrt Roy zum Thema der Unterhaltung zurück. »Und ich kann nur wiederholen, dass ich der Meinung bin, Sie machen einen sehr großen Fehler. Vielleicht einen tödlichen.«

»Hören Sie auf mit diesen absurden Übertreibungen, Roy! Das nervt. Ich könnte einen Kaffee gebrauchen.«

Gouverneur Miles Crawley sitzt auf der Rückbank seiner schwarzen Limousine. Die Trennwand ist geschlossen, sein Personenschützer kann ihn nicht sehen, nicht telefonieren hören.

»Fühlen Sie sich bloß nicht zu sicher, sonst werden Sie nachlässig«, sagt er und schaut auf seine ausgestreckten langen Beine in der Nadelstreifenhose, auf seine glänzend schwarzen Schuhe. »Was ist, wenn jemand redet? Wir sollten darüber besser nicht am …«

»Dieser Jemand, der beteiligt ist, wird nicht reden. Das garantiere ich Ihnen. Und nachlässig bin ich nie.«

»Garantiert sind nur der Tod und die Steuern«, gibt der Gouverneur rätselhaft zurück.

»In diesem Fall haben Sie eine Garantie, Sie können nicht verlieren. Wer hat nicht gewusst, wo das Ding war? Wer hat es verloren? Wer hat es versteckt? Wer wird so oder so in schlechtem Licht dastehen?«

Der Gouverneur blickt aus dem Fenster in die Dunkelheit, den Regen, die Lichter von Cambridge und zweifelt, ob es eine gute Idee war, sich auf die Sache einzulassen. Dann entscheidet er sich. »Nun, jetzt gibt es kein Zurück mehr, ist ja schon unterwegs an die Presse. Hoffen wir, dass Sie wirklich Recht haben, denn wenn nicht, müssen Sie die Suppe auslöffeln. Das war schließlich Ihre Idee.«

»Vertrauen Sie mir, Sie werden gute Nachrichten bekommen.«

Der Gouverneur könnte ein paar gute Nachrichten gebrauchen. Seine Frau geht ihm auf die Nerven, seine Verdauung spielt verrückt, und er muss schon wieder zu einem Abendessen. Diesmal im Fogg Art Museum. Er muss herumlaufen, Bilder von Degas betrachten und einige Worte sagen, damit die kunstliebenden Philanthropen und die Harvard-Elite wissen, was für ein kultivierter Mann er ist.

»Ich möchte nicht mehr darüber sprechen«, sagt er.

»Miles …«

Er kann es nicht ausstehen, mit seinem Vornamen angesprochen zu werden, auch wenn er sein Gegenüber noch so gut kennt. Er ist *Gouverneur Crawley*. Eines Tages *Senator Crawley*.

»… Sie werden mir noch dankbar sein, glauben Sie mir …«

»Ich will mich nicht wiederholen«, warnt Gouverneur Crawley. »Dies war unser letztes Gespräch darüber.« Er legt auf, steckt das Handy wieder in die Jackentasche.

Die Limousine hält vor dem Fogg. Crawley wartet, bis sein Personenschützer ihm die Tür öffnet und zum nächsten politischen Auftritt führt. Wieder allein. Er flucht auf seine Frau und ihre verdammten Kopfschmerzen. Vor nicht einmal einer Stunde wurde er über Degas gebrieft, jetzt weiß er wenigstens, dass der Name französisch ist und wie man ihn ausspricht.

Lamont erhebt sich, läuft langsam auf und ab, schaut aus dem Fenster in eine deprimierend dunkle, regnerische Dämmerung. Sie trinkt den Kaffee, er schmeckt verbrannt.

»Die Medien melden sich schon«, sagt Roy, als sei es eine Warnung.

»Das war ja wohl so geplant«, gibt sie zurück.

»Wir brauchen einen Plan zur Schadensbegrenzung …«

»Roy, ich kann es nicht mehr hören!«

Was ist das nur für ein Feigling, denkt Lamont, Roy den Rücken zugewandt. Dem Kerl fehlt jeder Mumm.

»Monique, wie können Sie ernsthaft glauben, dass eine Idee von Crawley Ihnen irgendwie zugute kommen könnte?«

»Wenn wir 50 Millionen Dollar für den Bau eines neuen Kriminallabors haben wollen«, wiederholt sie langsam, als sei er schwer von Begriff, »brauchen wir öffentliche Aufmerksamkeit. Wir müssen der Öffentlichkeit und dem Gesetzgeber zeigen, dass es richtig ist, unsere Technologie zu verbessern, mehr Wissenschaftler einzustellen, neue Laborausstattung zu kaufen, die größte DNA-Datenbank des Landes aufzubauen, vielleicht die größte der Welt. Wir lösen ein paar alte Fälle, die im guten alten Süden seit zwanzig Jahren im Archiv herumliegen, und sind die Helden. Der Steuerzahler steht hinter uns. Nichts ist so überzeugend wie Erfolg.«

»Das hat Ihnen doch Huber eingeimpft. Verständlich, welcher Labordirektor würde Sie nicht zu überzeugen versuchen? Auch wenn es riskant für Sie ist.«

»Warum verstehen Sie denn nicht, was für eine gute Idee das ist?«, sagt Lamont ernüchtert und schaut hinaus in den Regen, den erbarmungslosen, trübsinnigen Regen.

»Gouverneur Crawley kann Sie nicht ausstehen«, stellt Roy kategorisch fest. »Fragen Sie sich doch mal, warum er Ihnen diese Sache überlassen will.«

»Weil ich die auffälligste Staatsanwältin in Massachusetts bin. Und eine Frau. Damit er nicht als kleinkarierter, sexistischer, bigotter rechter Fanatiker dasteht, was er in Wirklichkeit ja ist.«

»Wenn Sie gegen ihn antreten, wird jeder Fehlschlag Ihnen angelastet, nicht ihm. Sie werden General Lee sein und kapitulieren müssen, nicht er …«

»Aha, jetzt ist er schon Ulysses S. Grant. Nein, Win wird das erledigen.«

»Er wird eher Sie erledigen.«

Monique dreht sich langsam zu Roy um und beobachtet, wie er in einem Notizbuch blättert.

»Was wissen Sie überhaupt über ihn?«, fragt er.

»Er ist der beste Ermittler der Einheit. Politisch gesehen, die beste Wahl.«

»Eitel, Klamottentick.« Roy liest in seinen Notizen. »Designeranzüge, ein Hummer, eine Harley, da fragt man sich, woher das Geld kommt. Eine Rolex.«

»Eine Breitling. Aus Titan. Wahrscheinlich *leicht gebraucht*, aus einem dieser Secondhandläden, wo er immer einkauft«, entgegnet Lamont.

Erstaunt blickt Roy auf. »Woher wissen Sie, wo er einkauft?«

»Weil ich ein Auge für die feinen Dinge des Lebens habe. Er hatte mal eine Hermès-Krawatte an, da habe ich gefragt, wie er sich so was leisten kann.«

»Ständig zu spät am Tatort«, liest Roy vor.

»Sagt wer?«

Roy blättert weiter, fährt mit dem Finger eine Seite hinunter. Sie wartet, dass sich seine Lippen beim Lesen bewegen. Tatsächlich! Großer Gott. Die Welt ist voller Idioten.

»Ist anscheinend nicht schwul«, fährt Roy fort. »Immerhin 'ne gute Nachricht.«

»Eigentlich wäre es doch ziemlich nobel von uns, wenn unser Aushängeschild homosexuell wäre. Was trinkt er?«

»Also, der ist auf keinen Fall schwul«, sagt Roy. »Eher ein Schürzenjäger.«

»Sagt wer? Was trinkt er gerne?«

Verwirrt hält Roy inne. »Trinken? Nein, zumindest damit hat er wohl keine Probleme …«

»Wodka, Gin, Bier?« Lamont ist kurz davor, die Geduld zu verlieren.

»Weiß ich doch nicht!«

»Dann rufen Sie seinen Kumpel Huber an und bringen es in Erfahrung! Und zwar, bevor ich zum Faculty Club fahre.«

»Manchmal verstehe ich Sie wirklich nicht, Monique.« Roy blickt wieder in seine Notizen. »Ein Narziss.«

»Wäre wohl jeder, der so aussieht«, gibt Lamont zurück.

»Eingebildet, schöne Fassade, nichts dahinter. Sie sollten mal hören, was seine Kollegen über ihn sagen.«

»Ich glaube, das habe ich gerade gehört.«

Sie denkt an Win Garano. An seine dunklen Locken, sein ebenmäßiges Gesicht. Sein kaffeebrauner Körper wie aus Stein gemeißelt. Und seine Augen – irgendetwas ist mit seinen Augen. Wenn er Monique anblickt, hat sie das unheimliche Gefühl, dass er in ihr liest wie in einem Buch, dass er sie kennt, vielleicht sogar Dinge weiß, von denen sie nichts ahnt.

Er wird perfekt rüberkommen im Fernsehen und auf Fotos in Zeitungen und Magazinen.

»... wahrscheinlich gibt es zwei Pluspunkte, die für ihn sprechen. Zum einen ist er gut vorzeigbar«, sagt der jämmerliche, unfähige Roy. »Und dann hat er ja irgendwie diesen Minderheitenbonus. Auch wenn er nur hellbraun ist, weder Fisch noch Fleisch.«

»Was haben Sie gerade gesagt?« Lamont starrt ihn an. »Das will ich nicht gehört haben.«

»Wie würden Sie so was denn nennen?«

»Wir nennen es gar nicht.«

»Afro-Italiener? Wer weiß«, beantwortet Roy seine eigene Frage und blättert weiter. »Vater schwarz, Mutter Italienerin. Haben ihm offenbar den Nachnamen der Mutter gegeben, verständlich. Beide tot. Kaputter Ofen. In so 'ner Bruchbude, als er noch klein war.«

Lamont holt ihren Mantel hinter der Tür hervor.

»Seine Kindheit ist ein Rätsel. Keine Ahnung, bei wem er aufgewachsen ist, angeblich hat er keine Verwandten. Im Notfall soll ein gewisser Farouk verständigt werden, offenbar sein Vermieter.«

Lamont zieht ihre Autoschlüssel aus der Tasche.

»Schluss jetzt damit, erst mal geht's um mich«, sagt sie. »Seine Vergangenheit ist unwichtig. Meine nicht. Es geht um meine Erfolge. Um meinen Ruf. Mein Engagement in Fragen von Bedeutung. Es geht um Verbrechen. Nicht nur um die

Verbrechen von heute. Nicht nur um die von gestern.« Sie verlässt das Zimmer. »Jedes Verbrechen, zu jeder Zeit – *Any crime, any time.*«

»Wow.« Roy folgt ihr. »Ein richtiger Wahlkampfslogan.«

2. Kapitel

Lamont klappt den Regenschirm zu und knöpft ihren langen schwarzen Regenmantel auf. Sie entdeckt Win auf einem antiken Sofa, das ungefähr so bequem aussieht wie ein Holzbrett.

»Hoffentlich haben Sie nicht allzu lange warten müssen«, entschuldigt sie sich.

Wenn es sie wirklich interessieren würde, ob sie ihm Unannehmlichkeiten bereitet, dann hätte sie ihn nicht zum Abendessen einfliegen lassen, seine Fortbildung an der National Forensic Academy unterbrochen, sein Leben umgekrempelt, so wie immer. Sie hat eine Plastiktüte von einem Spirituosengeschäft dabei.

»Ich hatte Besprechungen, und auf der Straße war viel los«, sagt sie – eine Dreiviertelstunde zu spät.

»Ich bin auch gerade erst gekommen.« Win steht auf. Sein Anzug ist voller Regenflecken, die unmöglich schon getrocknet sein könnten, wenn er wirklich gerade erst eingetroffen wäre.

Sie schlüpft aus dem Mantel, und es ist schwer zu übersehen, was sie darunterträgt. Ein besseres Kostüm als an Monique Lamont hat Win noch bei keiner Frau gesehen. Was für eine Schande, dass Mutter Natur so viel Schönheit an sie verschwendet hat. Sie hat einen französischen Namen und sieht französisch aus, dunkel und exotisch, sexy und auf gefährliche Weise verführerisch. Hätte das Leben anders gespielt, wäre Win nach Harvard gegangen und Lamont nicht so ehrgeizig und egoistisch, wären sie wahrscheinlich gut miteinander ausgekommen und irgendwann im Bett gelandet.

Sie mustert seine Sporttasche, runzelt fragend die Stirn. »Na, das nenne ich fleißig! Zwischen Flughafen und Essen finden Sie noch Zeit zum Trainieren?«

»Musste ein paar Sachen mitnehmen.« Befangen lässt er die Tasche in die andere Hand wandern, vorsichtig, damit die gläsernen Gegenstände darin nicht klirren, Gegenstände, die ein tougher Cop wie er nicht dabeihaben sollte, schon gar nicht in der Nähe einer toughen Staatsanwältin wie Lamont.

»Bringen Sie die zur Garderobe! Drüben neben der Herrentoilette. Eine Waffe ist doch nicht drin, oder?«

»Nur 'ne Uzi. Das Einzige, was man heutzutage noch mit ins Flugzeug nehmen darf.«

»Nehmen Sie den doch bitte mit.« Lamont reicht Win ihren Mantel. »Und das hier ist für Sie.«

Sie gibt ihm die Plastiktüte, er späht hinein, sieht eine Flasche Booker's in einer Holzkiste, teure Marke, sein Lieblingsbourbon.

»Woher wussten Sie …?«

»Ich weiß eine Menge über mein Personal, das ist mir wichtig.«

Es tut ihm weh, als »Personal« bezeichnet zu werden. »Danke«, murmelt er.

In der Garderobe stellt Win die Tasche vorsichtig in ein Regal und schiebt sie außer Sichtweite, dann folgt er Lamont in einen Saal mit Kerzen, weißen Tischdecken und Kellnern in weißen Jacken. Er versucht, seinen fleckigen Anzug und die nassen Schuhe zu vergessen, und nimmt an einem Ecktisch gegenüber von Lamont Platz. Es ist dunkel draußen, die Laternen auf der Quincy Street leuchten verschwommen im Nieselregen, Menschen eilen zum Essen in den Faculty Club. Sie haben keine Flecken auf der Kleidung, gehören hierher, sind wahrscheinlich in Harvard zur Uni gegangen, unterrichten hier; es sind Menschen, mit denen Monique Lamont befreundet ist oder ausgeht.

»*At Risk* – In Gefahr«, beginnt sie. »So heißt die neue Initiative zur Verbrechensbekämpfung, die der Gouverneur an mich delegiert hat.« Sie faltet eine Leinenserviette auf und breitet sie auf ihrem Schoß aus. Der Kellner kommt. »Ein Glas Sauvignon Blanc. Der aus Südafrika, den ich letztes Mal hatte. Und Mineralwasser.«

»Eistee«, bestellt Win. »Was für eine Initiative?«

»Gönnen Sie sich was!«, sagt Lamont lächelnd. »Heute machen wir uns nichts vor.«

»Einen Booker's. Auf Eis«, bestellt Win.

»DNA ist so alt wie die Menschheit«, setzt sie an. »Und mit einer DNA-Analyse der ethnischen Marker können wir dem Unbekannten – ob Täter oder Opfer – ein Gesicht geben. Kennen Sie sich aus mit der neuen Technologie, mit der einige freie Labors arbeiten?«

»Natürlich. DNAPrint Genomics aus Sarasota, zum Beispiel. Ich habe gehört, dass mit deren Hilfe mehrere Serienmorde aufgeklärt werden konnten …«

»Es geht um Erbmaterial aus Fällen, bei denen wir keine Ahnung haben, wer der Täter ist«, unterbricht ihn Lamont. »Wo eine Datenbankabfrage nichts ergeben hat. Wir testen das Material erneut mit Hilfe dieser modernen Technologie. Beispielsweise könnte sich dann herausstellen, dass der Verdächtige männlich, zu 82 Prozent europäischer und zu 18 Prozent indianischer Abstammung ist. Dann wüssten wir, dass er eine weiße Hautfarbe hat, und kennen mit ziemlicher Sicherheit sogar seine Augen- und Haarfarbe.«

»Und was hat das mit *At Risk* zu tun? Abgesehen davon, dass so eine Initiative einen Namen haben muss?«

»Das ist doch logisch, Win! Jedes Mal, wenn ein Täter aus

dem Verkehr gezogen wird, ist die Gesellschaft weniger *in Gefahr.* Der Name war meine Idee, es ist mein Projekt, ich bin dafür verantwortlich und werde ihm meine ganze Aufmerksamkeit widmen.«

»Bei allem Respekt, Monique, aber hätten Sie mir das nicht einfach in einer E-Mail schreiben können? Ich muss im Regen von Tennessee hier hochfliegen, damit Sie mir vom neuesten Werbegag des Gouverneurs erzählen …?«

»Ich will rücksichtslos ehrlich sein«, unterbricht sie ihn. Nichts Neues.

»Rücksichtslos können Sie gut.« Er grinst sie an; schon steht der Kellner mit den Getränken neben ihnen, behandelt Lamont wie einen königlichen Besuch.

»Mal ehrlich«, sagt sie. »Sie sind doch intelligent. Und ein Traum für die Medien.«

Nicht zum ersten Mal überlegt Win, ob er bei der Polizei aufhören soll. Er nimmt seinen Bourbon und ärgert sich, keinen doppelten bestellt zu haben.

»Vor zwanzig Jahren gab es einen Fall in Knoxville«, setzt Lamont an.

»In Knoxville?«

Der Kellner wartet auf die Bestellung. Win hat noch nicht mal einen Blick in die Speisekarte geworfen.

»Vorweg die Hummer-Bisque«, wählt Lamont. »Dann Lachs. Und noch einen Sauvignon Blanc. Bringen Sie ihm den schönen Pinot aus Oregon.«

»Ein Steak, blutig«, bestellt Win. »Und einen Salat mit Balsamico. Keine Kartoffeln. Moment mal! Ist das wirklich ein Zufall, dass Sie mich an die Akademie nach Knoxville schicken und dann plötzlich beschließen, einen alten Fall von dort zu lösen?«

»Ältere Frau, erschlagen«, fährt Lamont fort. »Allem Anschein nach ein verunglückter Einbruch. Möglicherweise Versuch einer Notzucht, die Frau war nackt, Slip auf den Knien.«

»Sperma?« Win kann nicht anders. Politik hin oder her – Fälle ziehen ihn an wie schwarze Löcher.

»Ich kenne die Einzelheiten nicht.« Lamont greift in ihre Tasche, zieht einen Umschlag hervor und reicht ihn Win.

»Warum gerade Knoxville?« Er lässt nicht locker, seine Paranoia kommt wieder hoch.

»Wir brauchten einen Mordfall und jemand Besonderen, der ihn bearbeitet. Sie sind in Knoxville, warum sollten wir nicht mal nachsehen, was es dort für ungelöste Fälle gibt, zum Beispiel dieser? Damals machte er offensichtlich Schlagzeilen, jetzt ist er so kalt und vergessen wie das Opfer.«

»Wir haben genug ungelöste Verbrechen hier in Massachusetts.« Win sieht Lamont an, belauert sie, unsicher, was wirklich dahintersteckt.

»Der müsste leicht zu lösen sein.«

»Darauf würde ich mich nicht verlassen.«

»Er passt aus verschiedenen Gründen gut: Falls da unten etwas schief läuft, fällt es hier nicht weiter auf«, erklärt Lamont. »Wir machen es so: Beim Unterricht an der Akademie erfahren Sie von diesem Fall und schlagen vor, dass man diese neue DNA-Analyse ausprobieren könnte, ein bisschen Unterstützung aus Massachusetts …«

»Ich soll also lügen«, sagt Win.

»Ich möchte, dass Sie diplomatisch sind, geschickt«, gibt Lamont zurück.

Win öffnet den Umschlag und lässt kopierte Zeitungsartikel, Obduktions- und Laborberichte hinausgleiten, alles von nicht besonders guter Qualität, wahrscheinlich Reproduktionen vom Mikrofilm.

»Wissenschaft«, sagt Lamont voller Überzeugung. »Wenn es tatsächlich ein Gottes-Gen gibt, dann gibt's vielleicht auch ein Teufels-Gen.« Sie liebt kryptische, ja brillante Formulierungen.

Man könnte sie fast zitieren.

»Will sagen, ich suche den Teufel, der entkommen konnte, ich suche die ethnischen Marker in seiner DNA.«

»Wieso arbeiten Sie nicht mit dem Labor in Florida, das dafür bekannt ist?« Win überfliegt die verschwommene Kopie des Obduktionsberichts. »Vivian Finlay, Sequoyah Hills. Gelddadel aus Knoxville, direkt am Fluss, kein Haus unter einer Million. Jemand prügelte ihr die Seele aus dem Leib.«

Bei den Unterlagen, die Lamont ihm gegeben hat, sind zwar keine Fotos, aber der Obduktionsbericht ist aussagekräftig genug. Vivian Finlay überlebte so lange, dass ihr Gewebe noch reagieren konnte: Ihr Gesicht war voller Platzwunden und Prellungen, die Augen zugeschwollen. Nach Entfernung der Kopfhaut fanden sich großflächige Quetschungen, Löcher im Schädel, die von wiederholten Schlägen mit einem Gegenstand stammten, der mindestens eine abgerundete Fläche besaß.

»Wenn wir die DNA testen können, muss es noch Beweisstücke geben. Wo sind die die ganze Zeit gewesen?«, fragt Win.

»Ich weiß nur, dass das FBI damals für die Laborarbeiten zuständig war.«

»Das FBI? Was hatten die Feds für ein Interesse an der Sache?«

»Ich meinte die bundesstaatliche Behörde«, verbessert sich Lamont.

»Dann war es das TBI, das Tennessee Bureau of Investigation.«

»Ich glaube nicht, dass damals schon auf DNA getestet wurde.«

»Nein. Das war dunkles Mittelalter, der gute alte Bluttest – A, B und Null. Was genau wird getestet und wo ist es die ganze Zeit gewesen?«, wiederholt Win seine Frage.

»Blutige Kleidung. Ich nehme an, sie war in der Asservatenkammer der Polizei von Knoxville und wurde in dieses Labor nach Kalifornien geschickt …«

»Nach Kalifornien?«

»Huber hat das alles sorgfältig recherchiert.«

Win weist auf die Kopien und fragt: »Ist das alles?«

»Anscheinend ist das Leichenschauhaus von Knoxville umgezogen, die alten Unterlagen werden irgendwo anders aufbewahrt. Das ist alles, was Toby finden konnte.«

»Soll heißen, er hat im Büro des Amtsarztes eine Reproduktion vom Mikrofilm machen lassen. Tolle Leistung«, bemerkt Win sarkastisch. »Ich weiß wirklich nicht, warum Sie diesen Hohlkopf …«

»Sie wissen es ganz genau.«

»Ich verstehe nicht, wie Huber so einen bescheuerten Sohn haben kann. Sie sollten sich vorsehen, welche Gefallen Sie dem Direktor des Kriminallabors tun, Monique, auch wenn er noch so ein toller Typ ist. Könnte Ihnen als Interessenkonflikt ausgelegt werden …«

»Das lassen Sie ruhig meine Sorge sein«, gibt Lamont verärgert zurück.

»Ich kann nur sagen, unser Freund Huber muss Ihnen mächtig was schulden, wenn er Ihnen Toby aufhalsen konnte.«

»Okay, wir wollten heute Abend ehrlich sein, oder?« Lamont sieht Win in die Augen, hält seinem Blick stand. »War eine schlechte Idee von mir. Sie haben Recht. Toby ist ein Totalausfall, eine Katastrophe.«

»Ich brauche die Polizeiakte. Hat Katastrophen-Toby bei seiner gründlichen, aufwendigen Recherche davon vielleicht auch eine Kopie gemacht?«

»Darum können Sie sich doch selbst kümmern, wenn Sie wieder in Knoxville sind. Toby ist im Urlaub.«

»Der Arme! Wahrscheinlich völlig erschöpft von der harten Arbeit.«

Lamont sieht zum Kellner, der sich mit Silbertablett und zwei Weingläsern nähert. »Der Pinot wird Ihnen gefallen. Ein Drouhin.«

Win schwenkt ihn langsam im Glas, probiert. »Haben Sie vergessen? Sie haben mich zur Akademie geschickt, weil es das – ich zitiere – *Harvard der Gerichtsmedizin* ist. Ich habe noch einen Monat vor mir.«

»Das regeln Sie schon, Win. Es hat keiner davon gesprochen, dass Sie aufhören sollen. Ganz im Gegenteil, die Akademie könnte auch davon profitieren.«

»Ich soll also im Schlaf arbeiten, verstehe.« Win trinkt noch einen Schluck Wein. »Sie benutzen die Akademie, Sie benutzen die Polizei von Knoxville, benutzen mich, benutzen jeden für Ihre politischen Zwecke. Sagen Sie mir eines, Monique.« Er wagt sich weit vor, sieht ihr in die Augen. »Geben Sie wirklich was um diese tote alte Frau?«

»Schlagzeile: Hochkarätiger Ermittler aus Massachusetts hilft kleinem Polizeirevier, löst zwanzig Jahre alten Fall, rächt alte Frau, die für Kleingeld ermordet wurde.«

»Für Kleingeld?«

»Steht in einem der Artikel, die ich Ihnen gegeben habe«, entgegnet Lamont. »Mrs. Finlay sammelte Silbermünzen. Hatte eine Dose auf der Kommode. War das Einzige, was fehlte, soweit man feststellen konnte.«

Es regnet noch immer, als sie den Harvard Faculty Club verlassen und dem Weg aus alten roten Ziegelsteinen zur Quincy Street folgen.

»Wohin?«, fragt Lamont, halb verborgen unter ihrem großen schwarzen Regenschirm.

Win sieht, wie sich ihre schmalen Finger um den Holzgriff des Schirms klammern. Ihre Fingernägel sind gerade und sauber gefeilt, nicht lackiert, sie trägt eine große Uhr aus Weißgold mit einem schwarzen Krokodillederarmband, eine Breguet, und einen Siegelring von Harvard. Wie viel sie auch als Staatsanwältin verdient und was sie für den gelegentlichen Unterricht an der Juristischen Fakultät erhält – Lamont stammt aus einer reichen Familie, einer sehr reichen, wie Win gehört hat. Sie besitzt ein historisches Haus in der Nähe des Harvard Square und einen Range Rover in British Racing Green, der auf der anderen Seite der nassen Straße geparkt ist.

»Ich komme schon klar«, sagt Win, als hätte Lamont angeboten, ihn mitzunehmen. »Ich gehe zum Harvard Square und nehm mir ein Taxi. Vielleicht lauf ich auch rüber an den Charles, mal sehen, ob es in der Regattabar heute noch guten Jazz gibt. Mögen Sie Coco Montoya?«

»Nicht heute.«

»Ich habe nicht gesagt, dass er heute spielt.«

Er hat sie auch nicht eingeladen.

Lamont wühlt in ihrer Manteltasche, wird ungeduldig, sucht etwas. »Halten Sie mich auf dem Laufenden, Win. Über alles.«

»Ich halte mich an die Beweise. Eine Kleinigkeit, die bei all der Aufregung nicht untergehen sollte: Wenn es keine Beweise gibt, kann ich auch nichts tun.«

Genervt wühlt Lamont in ihrer teuren Handtasche.

»Und ich stelle nicht gern Selbstverständliches fest«, sagt Win. Der Regen tropft auf seinen Kopf, rinnt ihm in den Nacken. »Aber ich kann nicht erkennen, wozu diese *At Risk*-Initiative gut sein soll, wenn wir den Fall nicht lösen können.«

»Zumindest können wir aus der DNA ein Abstammungsprofil bekommen und erklären, der Fall würde deswegen neu aufgerollt. Das allein ist schon eine Meldung wert und erregt Aufsehen. Wenn wir nicht weiterkommen, lassen wir den Fall einfach offen. *Work in Progress,* sozusagen. Sie machen Ihren Abschluss an der Akademie, kehren in Ihren Job zurück. Und der Fall gerät irgendwann in Vergessenheit ...«

»Und bis dahin sind Sie vielleicht Gouverneurin«, bemerkt Win.

»Seien Sie nicht so zynisch! Ich bin nicht so kaltschnäuzig, wie Sie mich gern darstellen. Wo habe ich nur die verdammten Schlüssel?«

»In der Hand.«

»Nein, meine Hausschlüssel.«

»Soll ich Sie begleiten, damit Sie sicher ins Haus kommen?«

»Ich habe einen Ersatzschlüssel in der Schlüsselbox«, gibt sie zurück und lässt ihn im Regen stehen.

3. Kapitel

Win schaut die Straße hoch und runter, beobachtet die Menschen, die zielstrebig über den Bürgersteig laufen. Autos fahren vorbei, unter ihren Reifen spritzt Wasser hervor. Lamont gibt Gas.

Er geht in Richtung Harvard Square, dessen Cafés und Coffee-Shops trotz des Wetters gut besucht sind. Mit eingezogenem Kopf huscht er ins Peet's und drückt sich durch die Gäste, hauptsächlich privilegierte, arrogante Studenten. Als er einen Caffè latte bestellt, glotzt ihn das Mädchen hinter der Theke so schamlos an, dass es einen roten Kopf bekommt. Win kennt das. Meistens fühlt er sich geschmeichelt und freut sich, aber heute nicht. Unablässig muss er an Lamont denken und wie er sich in ihrer Gegenwart fühlt.

Er nimmt den Becher mit zum Harvard Square, wo die Red-Line-Bahn eintrifft. Die meisten Fahrgäste sind keine Harvard-Studenten, wissen vielleicht nicht einmal, dass Harvard nicht einfach nur das lokale College ist. Win bummelt über die John F. Kennedy Street, blinzelt in die entgegenkommenden Scheinwerfer, und der durch die hellen Lichter peitschende Regen erinnert ihn an Bleistiftstriche, an kindliche Zeichnungen von Regen, wie er sie als kleiner Junge malte, als er noch Striche auf Papier zog anstatt hässliche Schlussfolgerungen über seine Mitmenschen.

»Tremont und Broadway«, sagt er beim Einsteigen ins Taxi. Vorsichtig stellt er die Sporttasche auf dem Kunststoffpolster der Rückbank ab.

Der Fahrer ist nicht mehr als ein Kopf, der mit arabischem Akzent spricht, ohne sich umzudrehen.

»Tray-mond? Wo?«

»Ecke Tre-mont und Broad-way, da können Sie mich ab-setzen. Wenn Sie den Weg nicht wissen, halten Sie an, dann steig ich wieder aus.«

»Tray-mont. Was ist da in der Nähe?«

»In-man Square«, sagt Win laut. »Fahren Sie dahin. Wenn Sie das nicht finden, geh ich zu Fuß, und dann gibt's kein Geld.«

Der Fahrer tritt auf die Bremse. Er dreht sich um und funkelt Win mit dunklem Gesicht und schwarzen Augen an.

»Kein Geld? Raus hier!«

»Siehst du das?« Win greift nach seiner Börse und hält dem Taxifahrer den Ausweis der Massachusetts State Police vors Gesicht. »Willst du einen ganzen Berg Anzeigen? Deine Prüfplakette ist abgelaufen! Ist dir das klar? Eine Rückleuchte ist kaputt. Schon gemerkt? Fahr mich jetzt zum Broadway. Findest du wenigstens den City Hall Annex? Von da ab zeig ich dir den Weg.«

Sie fahren schweigend. Win sitzt hinten, die Hände im Schoß verkrampft, weil er gerade mit Monique Lamont zu Abend gegessen hat, die sich fürs Gouverneursamt aufstellen lassen will und ironischerweise von ihm verlangt, dass er den aktuellen Gouverneur Crawley, der erneut kandidiert, gut aussehen lässt, damit sie ebenfalls gut dasteht. So stehen dann beide gut da, wenn sie gegeneinander antreten. Politik! Nichts für ihn. Als ob auch nur einer sich wirklich um eine ermordete alte Frau unten in Tennessee scheren würde. Der Fahrer lenkt, ohne eine Ahnung zu haben, wohin er fährt, und Win sitzt im Dunkeln und wird immer wütender. Er muss den Weg erklären.

»Das da ist Tremont, da rechts abbiegen!« Win zeigt in die entsprechende Richtung. »Direkt hier links können Sie mich absetzen.«

Jedes Mal, wenn Win das zweistöckige Haus und die mit Efeu bewachsene Holzfassade sieht, von der die Farbe abblättert, bekommt er Beklemmungen. Wie die Frau, die dort lebt, hat das Haus der Familie Garano in den letzten fünfzig Jahren nur Schlechtes erlebt. Als Win aus dem Taxi steigt, hört er die Musik von Windspielen aus dem dunklen Hinterhof. Er stellt den Becher mit dem Caffè latte aufs Dach des Taxis, gräbt in seiner Tasche und wirft einen zerknüllten Zehn-Dollar-Schein durchs Fahrerfenster.

»He! Zwölf Dollar!«

»Selber he. Kauf dir ein GPS«, sagt er, und die Windspiele lassen ihre magische, luftige Musik erklingen. Das Taxi rast davon, der Becher rutscht vom Dach und platzt auf der Straße auf. Der milchige Kaffee läuft über das schwarze Pflaster, und die Windspiele tönen süß, als freuten sie sich, Win zu sehen.

Die schwere feuchte Luft bewegt sich, und leichte zarte Klänge tönen aus Dunkelheit und Bäumen, von Türen und Fenstern, Glockengeläut überall, denn Wins Großmutter glaubt, Windspiele müssten immerzu klingen, um die bösen Geister zu vertreiben. Win hat nie zu ihr gesagt: *Wenn das wirklich funktioniert, wie erklärst du dir dann unser Leben?* Er holt einen Schlüssel aus der Tasche und öffnet die Haustür, stößt sie auf.

»Nana? Ich bin's!«, ruft er.

Im Eingang hängen auf dem Pferdehaarputz dicht nebeneinander verstaubte Familienfotos, Jesusbilder und Kruzifixe. Win schließt die Haustür, sperrt sie ab und legt den Schlüssel auf einen alten Eichentisch, den er fast sein ganzes Leben lang kennt.

»Nana?«

Im Wohnzimmer läuft der Fernseher, er ist laut, Sirenen kreischen – Nana und ihre Krimiserien. Win kommt es lauter vor als bei seinem letzten Besuch, vielleicht weil er sich an die

Stille gewöhnt hat. Ein wenig beunruhigt folgt er den Geräuschen ins Wohnzimmer, wo sich seit seiner Kindheit nichts verändert hat, nur dass Nana jetzt noch mehr Kristall, Steine, Katzen- und Drachenstatuen, Erzengel, magische Kränze und Sträuße aus Kräutern und Weihrauch besitzt als früher: Hunderte, überall.

»Oh!«, ruft sie, als Wins Geräusche sie endlich aus einer Wiederholung von *Polizeirevier Hill Street* holen.

»Wollte dich nicht erschrecken.« Lächelnd geht er zur Couch und gibt ihr einen Kuss auf die Wange.

»Mein Liebling«, sagt sie und umklammert seine Hände.

Er nimmt die Fernbedienung vom Tisch. Neben Nanas Tarotkarten liegt noch mehr Kristall, magischer Schmuck, Steine. Win schaltet den Fernseher aus und sondiert die Lage, wie immer. Nana sieht ganz passabel aus, ihre dunklen Augen strahlen munter in ihrem scharf geschnittenen Gesicht, ein Gesicht, das sehr weich ist für sein Alter und einst wunderschön war. Ihr langes weißes Haar ist hochgesteckt. Sie trägt ihren Silberschmuck, die Armreifen reichen fast bis zu den Ellbogen, dazu Ringe und Halsketten und das flammend orangerote Football-Sweatshirt der University of Tennessee, das er ihr vor einigen Wochen geschickt hat. Sie vergisst nie, eines von seinen Geschenken anzuziehen, wenn sie ihn erwartet. Sie weiß immer, wann er kommt. Er muss sich nicht ankündigen.

»Deine Alarmanlage ist nicht eingeschaltet«, sagt Win, öffnet die Sporttasche und stellt Gläser mit Tennessee-Honig, Grillsauce und eingelegten Gurken auf den Sofatisch.

»Ich habe meine Windspiele, mein Schatz.«

Ihm fällt ein, dass er die Flasche Bourbon in der Garderobe des Faculty Club vergessen hat. Er hat nicht daran gedacht, und Lamont hat es auch nicht bemerkt, als sie gingen. Das sagt alles.

»Was hast du mir mitgebracht?«, fragt Nana.

»Ich zahle der Sicherheitsfirma doch nicht das ganze Geld für Windspiele. Das sind Spezialitäten, unten aus Tennessee. Wenn du lieber was Selbstgebranntes willst, bring ich dir beim nächsten Mal was mit«, neckt er seine Großmutter und lässt sich in einen abgenutzten Sessel fallen, über den eine violette Decke gebreitet ist. Eine Kundin hat sie vor Jahren als Dank für Nana gehäkelt.

Seine Großmutter greift zu den Karten und sagt: »Was war das eben mit dem Geld?«

»Geld?« Win runzelt die Stirn. »Komm mir nicht mit deinem Juju, Nana.«

»Irgendetwas mit Geld. Du hast eben etwas gemacht, das mit Geld zu tun hatte.«

Er denkt an »Money La-Mount«, Monique Lamont.

»Wahrscheinlich deine Chefin.« Nana mischt langsam die Karten, ihre Art, ein Gespräch zu führen. Dann legt sie die Mondkarte neben sich auf die Couch. »Da musst du aufpassen. Illusion und Wahnsinn oder Dichtung und Visionen. Du musst dich entscheiden.«

»Wie geht's dir? Isst du auch etwas, wenn dir keiner was bringt?«

Sie bekommt Essen fürs Kartenlegen, bekommt alles Mögliche, was sich die Leute gerade leisten können.

Nana legt die nächste Karte aufs Sofa, einen verhüllten Mann mit einer Laterne. Draußen regnet es wieder stärker, es klingt wie ein Trommelwirbel, Zweige kratzen über die Glasscheibe, wild klirren die Windspiele aus der Ferne.

»Was wollte sie von dir?«, fragt seine Großmutter. »Die, bei der du eben warst.«

»Nichts, worüber du dir Sorgen machen müsstest. Ich freue mich einfach, dass ich dich sehe.«

»Sie hält Dinge hinter einem Vorhang versteckt, diese Hohepriesterin in deinem Leben, sehr unangenehme Dinge.« Nana dreht die nächste Karte um, sie zeigt das bunte Bild eines Mannes, der mit einem Fuß am Baum hängt. Geld fällt ihm aus den Taschen.

»Nana«, seufzt Win. »Das ist eine Staatsanwältin, eine Politikerin. Sie ist keine Hohepriesterin, und ich würde nicht behaupten, dass sie *in meinem Leben* ist.«

»Doch, das ist sie«, widerspricht seine Großmutter und sieht ihn durchdringend an. »Da ist noch jemand. Ich sehe einen Mann in Rot. Ha! Der kommt sofort in die Kühltruhe!«

Wins Großmutter hat eine besondere Art, mit schlechten Menschen umzugehen: Sie notiert deren Namen oder eine Beschreibung ihrer Person auf einem Zettel und steckt ihn in die Kühltruhe. Nanas Kunden zahlen eine Menge Geld dafür, dass sie deren Feinde ihrem alten Frigidaire überantwortet, und als Win das letzte Mal hineinschaute, sah die Kühltruhe aus wie ein Papierschredder von innen. Wins Handy vibriert, er holt es aus der Jackentasche, schaut aufs Display, die Nummer ist unterdrückt.

»'tschuldigung«, sagt er, steht auf, geht näher ans Fenster. Regen peitscht gegen die Scheibe.

»Spreche ich mit Winston Garano?«, fragt ein Mann mit einer deutlich verstellten Stimme, eine wirklich schlechte Imitation eines vage britischen Akzents.

»Wer will das wissen?«

»Sie möchten vielleicht einen Kaffee mit mir trinken. Im Café Diesel am Davis Square, wo die Freaks und Schwulen rumhängen. Hat lange auf.«

»Vielleicht sagen Sie mir zuerst mal, wer Sie sind.«

Win beobachtet, wie seine Großmutter erneut die Karten mischt, sie mit dem Bild nach oben auf den Tisch legt, rücksichtsvoll und vertraut, als seien es alte Freunde.

»Nicht am Telefon«, sagt der Mann.

Plötzlich muss Win an die ermordete alte Frau denken. Er stellt sich ihr geschwollenes, blauviolettes Gesicht vor, die großen dunklen Blutklumpen unter ihrer Kopfhaut, die Löcher in ihrem Schädel, die ins Gehirn getriebenen Knochensplitter. Er stellt sich ihren erbärmlichen, brutal zugerichteten Körper auf einem kalten stählernen Obduktionstisch vor und weiß nicht, warum er gerade jetzt an sie denken muss. Er versucht, das Bild zu verdrängen.

»Ich treffe mich nicht mit einem Fremden zum Kaffee, wenn er mir nicht sagt, wer er ist und was er will«, erklärt er.

»Sagt Ihnen der Name Vivian Finlay was? Ich bin mir ziemlich sicher, dass Sie mit mir reden wollen.«

»Dafür sehe ich überhaupt keine Veranlassung«, erwidert Win. Seine Großmutter sitzt ruhig auf dem Sofa, geht durch die Karten, deckt die nächste auf, eine rot-weiße mit einem Pentagramm und einem Schwert.

»Zwölf Uhr, Café Diesel.« Der Anrufer legt auf.

»Nana, ich muss noch mal raus«, sagt Win, steckt das Telefon ein, zögert kurz vor dem regengepeitschten Fenster, bekommt wieder so ein Gefühl. Misstönend scheppern die Windspiele.

»Pass auf den da auf«, sagt seine Großmutter und greift zur nächsten Karte.

»Funktioniert dein Wagen?«

Manchmal vergisst sie zu tanken, dann kann der Motor nicht einmal durch göttliche Fürsprache zum Laufen gebracht werden.

»Beim letzten Mal noch. Wer ist der Mann in Rot? Das musst du herausfinden, dann sag es mir. Achte auf die Zahlen!«

»Was für Zahlen?«

»Die erscheinen. Pass auf!«

»Schließ die Türen ab, Nana«, rät Win. »Ich stelle den Alarm an.«

Ihr Buick, ein Modell von 1989 mit abblätterndem Vinyldach, Regenbogenstickern auf der Stoßstange und einem Traumfänger aus Perlen am Rückspiegel, steht hinter dem Haus unter einem Basketballkorb, der seit Wins Kindheit vor sich hin rostet. Der Motor weigert sich zunächst, dann gibt er seinen Widerstand auf, und Win fährt rückwärts auf die Straße, es ist kein Platz zum Wenden. Die Scheinwerfer leuchten in die Augen eines Hundes, der die Straße entlangstreunt.

»Ach, du liebe Güte!«, ruft Win, hält an und steigt aus.

»Miss Dog, was machst du denn hier draußen, mein Mädchen?«, sagt er zu dem durchnässten Tier. »Komm her! Ich bin's doch, na komm! Bist ein braves Mädchen.«

Miss Dog, halb Beagle, halb Schäferhund, halb taub, halb blind, der Name so dumm wie ihr Frauchen, schleicht zu Win, beschnuppert seine Hand, erinnert sich an ihn, wedelt mit dem Schwanz. Er streichelt das nasse, schmutzige Fell, hebt das Tier hoch und setzt es auf den Beifahrersitz. Während er zu einem heruntergekommenen Haus zwei Querstraßen weiter fährt, krault er dem Hund den Nacken. Dort angekommen, trägt er das Tier zur Haustür, hämmert lange dagegen.

Schließlich ruft eine Frau: »Wer ist da?«

»Ich bringe Miss Dog zurück!«, verkündet Win.

Die Tür geht auf, es erscheint eine fette, hässliche Frau in einem unförmigen rosa Gewand. Sie stinkt nach Zigaretten, unten fehlen ihr die Zähne. Sie knipst das Licht vor der Tür an, blinzelt hinaus, schaut an Win vorbei auf Nanas Buick am Straßenrand, kann sich scheinbar weder an Win noch an das Auto erinnern. Vorsichtig setzt er Miss Dog ab, und der Hund flitzt ins Haus, so schnell wie möglich fort von der undankbaren Alten.

»Ich habe Ihnen schon öfter gesagt, dass der Hund eines

Tages überfahren wird«, warnt Win. »Was soll das? Wie oft hab ich ihn schon zurückgebracht, weil er mitten auf der Straße rumläuft?«

»Was soll ich machen? Ich lass sie raus, damit sie ihr Geschäft macht, aber sie kommt nicht zurück. Und heute war dieser Kerl hier und hat die Tür offen gelassen. Eigentlich darf er gar nicht rein. Ist alles seine Schuld. Böse ist der, tritt den Hund und lässt die Tür extra auf, damit Miss Dog wegläuft, weil Suzy am Ende ist, wenn die Töle überfahren wird.«

»Von wem reden Sie?«

»Von meinem Schwiegersohn, diesem Mistkerl, wurde schon zigmal von der Polizei eingebuchtet.«

Win glaubt zu wissen, von wem sie spricht, hat ihn schon mal gesehen, er fährt einen weißen Pick-up.

»Lassen Sie einfach zu, dass er Ihr Grundstück betritt?«, fragt Win streng.

»Versuchen Sie doch, ihn aufzuhalten! Der hat keinen Schiss, vor gar nichts. Schließlich hab ich doch nicht das Kontaktverbot gekriegt.«

»Haben Sie die Polizei gerufen, als er hier war?«

»Bringt nichts.«

Durch die offene Tür sieht Win Miss Dog auf dem Boden kauern, unter einem Stuhl.

»Und wenn ich sie Ihnen abkaufe?«, fragt er.

»Für kein Geld der Welt«, gibt die Frau zurück. »Ich liebe diesen Hund.«

»Fünfzig Dollar?«

»Liebe lässt sich nicht bezahlen.« Die Alte ist unschlüssig.

»Sechzig«, sagt er, mehr Geld hat er nicht dabei, sein Scheckbuch ist in Knoxville.

»Nein, Sir«, erwidert sie zögernd, »meine Liebe zu dem Tier ist 'ne Menge mehr wert.«

4. Kapitel

Zwei Studenten von der Tufts University mit Tätowierungen und grün gefärbten Haaren spielen nicht weit von Wins Tisch entfernt Poolbillard. Abschätzig sieht er ihnen zu.

Auch wenn er kein Geld im Rücken hat, keine 1600 Punkte in der Aufnahmeprüfung für die Uni erreichte, nie eine Symphonie komponierte oder einen Roboter baute, hatte er immerhin so viel Respekt, sich einen khakifarbenen Anzug (im Angebot), neue Schuhe (ebenfalls im Angebot) zu kaufen und sich das Haar schneiden zu lassen (für einen Fünf-Dollar-Gutschein), als er sich an der Universität seiner Träume bewarb. Es war ja möglich, dass der Dekan für das Zulassungsverfahren ihn zu einer Campusführung oder einem Bewerbungsgespräch einladen würde, wo er erklären müsste, was er einmal werden wolle, nämlich Geisteswissenschaftler und Dichter, so wie sein Vater, oder vielleicht Anwalt. Win wurde nie zu einer Campusführung oder einem Gespräch eingeladen. Er bekam lediglich einen Formbrief, in dem bedauert wurde, mitteilen zu müssen …

Win beobachtet alles und jeden im Café Diesel, hält Ausschau nach dem Mann, den er wegen eines zwanzig Jahre zurückliegenden Mordes in Tennessee treffen soll. Es ist fast Mitternacht, es regnet noch, Win sitzt an einem kleinen Tisch, in Gesellschaft von ungepflegten Studenten mit strubbeligen Haaren, schmutzigen Klamotten, Kaffeebechern und Laptops. Er nippt an seinem Cappuccino und behält die Eingangstür im Auge. Seine Laune verschlechtert sich zusehends. Um Viertel nach zwölf erhebt er sich vom Tisch, stinksauer. Etwas weiter spielt ein pickeliger Punk stümperhaft Billard, hält sich für Einstein, quatscht seine Freundin zu; die beiden sind in ihr Gespräch vertieft, blind für andere, haben mit Sicherheit etwas genommen, vielleicht Ephedrin.

»Das gibt es nicht«, sagt das Mädchen. »Es gibt kein Wort, das ›sodomitisch‹ heißt.«

»*Das Porträt von Dorian Gray* wurde ein sodomitisches Buch genannt.« Klack. »In einigen Rezensionen damals.« Eine Kugel eiert in ein Loch.

»Es heißt *Das* Bildnis des *Dorian Gray,* nicht *Das Porträt von,* du Schlaumeier«, sagt Win zu dem gepiercten Punk, der das Queue wie einen Schlagstock herumwirbelt. »Und das Buch wurde beim Prozess gegen Oscar Wilde als sodomitisch bezeichnet, nicht in einer Rezension.«

»Ist doch egal.«

Win will gehen. Da hört er: »Mulattentunte.«

Er fährt herum und reißt dem Punk das Queue aus der Hand. »Jetzt bin ich dran!«, verkündet er und zerbricht den Stock über dem Knie. »So. Hast du was gesagt?«

»Ich hab gar nichts gesagt!«, schreit der Punk mit großen, glasigen Augen.

Win wirft die beiden Hälften des Queues auf den Billardtisch und marschiert davon, ignoriert das Mädchen hinter der Theke, das ihn von Anfang an angestarrt hat. Sie schäumt eine große Tasse Milch auf. »Entschuldigung!«, ruft sie, als Win nach draußen gehen will. »Sir?« Sie muss sich anstrengen, um den Lärm der Espressomaschine zu übertönen.

Win geht zur Theke. »Schon gut. Ich bezahle das Queue.« Er zieht mehrere Scheine aus der Brieftasche.

Sie scheint sich nicht für seinen Vandalismus zu interessieren. »Sind Sie Detective Geronimo?«

»Woher haben Sie den Namen?«

»Dann werden Sie es wohl sein«, erwidert sie, greift unter die Theke, zieht einen Umschlag hervor und reicht ihn Win. »Es war ein Mann hier, der mich gebeten hat, Ihnen das zu geben, wenn Sie gehen.«

»Wie lange ist das her?« Win schiebt den Umschlag in die Tasche und sieht sich um, ob ihn jemand beobachtet.

»Vielleicht zwei Stunden.«

Dann hat der Mann mit dem aufgesetzten Akzent Win angerufen, *nachdem* er den Brief abgab, und gar kein Treffen beabsichtigt.

»Wie sah er aus?«, fragt Win.

»Ganz normal, etwas älter. Dunkle Brille, Trenchcoat. Und ein Schal.«

»Zu dieser Jahreszeit?«

»Ja, aus Seide. Dunkelrot.«

»Okay.« Der Mann in Rot, genau wie Nana gesagt hat.

Win geht nach draußen in den Regen, in der feuchten Nacht fühlt er sich klebrig und müde. Das Auto seiner Großmutter steht wie ein dunkler Klotz mit Heckflossen auf der Elm Street, vor dem Rosebud Bar & Grill, und Win läuft über den nassen Bürgersteig, sieht sich um, wüsste gerne, ob der Mann in Rot in der Nähe ist und ihn beobachtet. Er öffnet das Auto, klappt das Handschuhfach auf, findet eine Taschenlampe und mehrere Servietten von Dunkin' Donuts. Er wickelt sie sich um die Hände und schlitzt den Umschlag mit einem der Schlüssel auf, die an der Lenksäule baumeln. Dann zieht er einen gefalteten linierten Zettel hervor und liest, was säuberlich in schwarzer Tinte darauf geschrieben steht:

IN GEFAHR bist nur du, Halbblut.

Win ruft Lamont zu Hause an, aber es meldet sich niemand. Er versucht es auf ihrem Handy. Sie geht nicht dran. Er hinterlässt keine Nachricht, überlegt es sich anders und wählt erneut ihre Nummer. Jetzt nimmt sie ab.

»Hallo?« Ihre Stimme ist nicht so kraftvoll wie sonst.

»Können Sie mir vielleicht sagen, was hier los ist?« Win startet den Motor.

»Kein Grund zur Aufregung«, sagt Lamont mit sonderbarer Stimme. Sie klingt gezwungen; irgendetwas stimmt nicht.

»Irgendein Spinner mit einem nachgemachten albernen Akzent hat mich gerade wegen des Finlay-Falls angerufen. Was für ein Zufall! Irgendwoher hat der Kerl meine Handynummer, noch ein großer Zufall, und zufällig sollte ich mich mit ihm treffen, aber er kam nicht, sondern hat mir einen Drohbrief hinterlassen. Mit wem haben Sie gesprochen, verdammt noch mal? Haben Sie etwa eine Presseerklärung rausgegeben oder irgendwas durchsickern lassen …?«

»Heute Morgen«, erwidert sie, und im Hintergrund sagt eine unterdrückte Männerstimme etwas, das Win nicht verstehen kann.

»Heute Morgen? Bevor ich überhaupt in der Stadt war? Und Sie hielten es nicht für nötig, mir das mitzuteilen?«, ruft er.

»Das ist in Ordnung«, behauptet Lamont.

»Das ist ganz und gar nicht in Ordnung!«

Die Person, die bei Lamont ist – ein Mann, um fast ein Uhr nachts –, sagt etwas, und sie legt einfach auf. Win sitzt im Dunkeln im alten Buick seiner Großmutter und starrt auf den linierten Zettel in seinen mit Servietten umwickelten Händen. Das Herz schlägt ihm bis zum Hals. Lamont hat die Presse über einen Fall informiert, den er bearbeiten soll, hat ihn aber nicht um Erlaubnis gebeten, ihn nicht mal vorher davon in Kenntnis gesetzt. Soll sie doch ihre Initiative nehmen und sie sich sonstwohin stecken.

Ich hör auf.

Er ist gespannt, wie sie reagiert, wenn er ihr das sagt.

Ich hör auf!

Er hat keine Ahnung, wo er sie finden kann. Zu Hause ist sie nicht ans Telefon gegangen, nur ans Handy. Also ist sie wahrscheinlich nicht daheim. Schwer zu sagen. Er beschließt, trotzdem bei ihr in Cambridge vorbeizufahren. Falls sie doch da sein sollte. Scheiß auf den, der bei ihr ist. Win fragt sich, mit wem Lamont wohl schläft, ob sie eine von diesen Alphafrauen ist, die keinen Sex mögen, oder das genaue Gegenteil. Vielleicht ist sie ein Tiger im Bett und verschlingt ihren Lover mit Haut und Haar.

Mit quietschenden Reifen fährt er an, der Wagen rutscht weg – verfluchter Heckantrieb –, er schlittert über den glitschigen Asphalt, die Scheibenwischer quietschen schrill über das Glas, machen ihn wahnsinnig. Win hat längst das Gefühl, verrückt zu sein, dumm genug gewesen zu sein, sich in so etwas Hirnrissiges hineinziehen zu lassen. Er hätte sich einfach weigern sollen, hierher zu fliegen, hätte in Tennessee bleiben sollen. Es ist zu spät für einen Anruf bei Sykes. Unhöflich. Er macht das ständig mit ihr, und sie lässt es sich gefallen. Aber es wird sie nicht stören, er sucht ihre Nummer, ihm fällt ein, dass Dienstag ist. Normalerweise sind er und sie dienstags abends zu dieser Stunde angezogen wie die Musterschüler, sitzen im Forty-Six-Twenty und unterhalten sich bei Jazz und Martinis mit Fruchtsaft.

»Hey, Süße«, sagt Win. »Bring mich nicht um!«

»Na klar, wenn ich *einmal* richtig schlafe«, sagt Sykes, eine Beamtin des Tennessee Bureau of Investigation. Sie leidet an Schlaflosigkeit, ihre Hormone sind momentan eine Plage.

Sie setzt sich im Bett auf, ohne Licht zu machen. In den letzten sechs Wochen hat sie viel mit Win telefoniert, im Dunkeln im Bett, allein, und sich gefragt, wie es wohl wäre, mit ihm im Bett zu reden, im Dunkeln, nebeneinander. Sie lauscht nach ihrer Mitbewohnerin auf der anderen Seite der Wand, will sie nicht wecken. Das Witzige ist: Als Sykes Win am Morgen zum Flughafen von Knoxville fuhr, sagte sie zu ihm: *Jetzt können unsere Mitbewohner endlich mal durchschlafen.* Seit Sykes und Win mit der Fortbildung an der National Forensic Academy begonnen haben, quatschen sie die Nächte durch, und da die Zimmer im Wohnheim dünne Wände haben, sind ihre Nachbarn die Leidtragenden.

»Ich fehle dir wohl, was?«, sagt Sykes im Spaß und hofft, dass es stimmt.

»Du musst mir einen Gefallen tun«, entgegnet Win.

»Alles in Ordnung bei dir?« Sie knipst das Licht an.

»Doch.«

»Du klingst so komisch. Was ist los?« Sykes steigt aus dem Bett und betrachtet sich im Spiegel über der Kommode.

»Hör zu! Vor zwanzig Jahren wurde in Knoxville eine alte Frau ermordet, Vivian Finlay. In Sequoyah Hills.«

»Erklär mir erst mal, woher das plötzliche Interesse kommt!«

»Da stimmt irgendwas nicht. Du warst damals in Tennessee. Vielleicht kannst du dich an den Fall erinnern.«

Sykes war damals in Tennessee, das stimmt, wieder eine Erinnerung an ihr Alter. Sie mustert sich im Spiegel, das silberblonde Haar, das nach allen Seiten absteht, *wie Amadeus,* hat Win einmal gesagt. *Falls du den Film gesehen hast.* Hatte sie nicht.

»Ich kann mich nur vage erinnern«, sagt sie. »Einbruch bei reicher Witwe. Unglaublich, so was mitten am Tag in Sequoyah Hills.«

Zu dieser Uhrzeit ist der Spiegel besonders ungnädig. Sykes' Augen sind verquollen. Zu viel Bier. Sie weiß nicht, warum Win sie mag, warum er sie mit anderen Augen sieht, warum er sie so sieht, wie sie vor zwanzig Jahren war, als sie weiche Haut und große blaue Augen hatte, einen straffen runden

Hintern und freche Titten, einen Körper, der der Schwerkraft den Finger zeigte, bis sie vierzig wurde und die Schwerkraft den Spieß umdrehte.

»Ich brauche die Originalakte«, sagt Win am Telefon.

»Hast du zufällig die Nummer?«, fragt Sykes.

»Nur die Obduktionsnummer. Mikrofilmausdrucke, aber keine Tatortfotos, gar nichts. Die Obduktionsakte brauche ich auch, falls wir die je im Bermudadreieck des Archivs auftreiben können. Das Leichenschauhaus ist umgezogen. Behauptet Lamont jedenfalls. Stimmt wahrscheinlich.«

Die schon wieder. »Ja, das stimmt. Gut, eins nach dem anderen«, sagt Sykes, allmählich genervt, gereizt. »Zuerst willst du die Polizeiakte.«

»Die brauche ich auf jeden Fall, Sykes.«

»Gut, dann mache ich mich morgen früh auf die Suche.«

»Nein, du musst sie so schnell wie möglich finden! Jetzt. Mail mir zu, was du finden kannst.«

»Und was glaubst du, wer mir zu dieser Uhrzeit hilft?« Schon öffnet sie den Kleiderschrank, reißt eine blaue Cargohose vom Bügel.

»Die Akademie«, sagt Win. »Ruf Tom an, hol ihn aus dem Bett!«

Win rast mit seinem Wagen in Richtung Mount Auburn Hospital, biegt in die Brattle Street ein, nähert sich dem Haus von Monique Lamont, damit er ihr den Rest des Abends gründlich verderben kann.

Ich hör auf.

Vielleicht geht er zum TBI, zum FBI oder zum LMAA – *Sie können mich mal kreuzweise, Monique, ich lasse mich nicht herumschubsen.*

Ich hör auf.

Wieso schickst du dann Sykes mitten in der Nacht los, fragt eine Stimme in seinem Kopf. *Reine Formsache.* Dass er bei Lamont aufhört, heißt ja nicht, dass er den Vivian-Finlay-Fall abgibt. Das ist jetzt sein Ding. Ein Mann in Rot hat ihn reingelegt und beleidigt, jetzt ist es Wins persönliche Angelegenheit. Er fährt über eine Kreuzung, geht am Stoppschild kaum vom Gas, biegt in der Nähe der Feuerwehr links ab in eine Nebenstraße, wo Lamont auf einem schmalen Streifen Land in einem lavendelfarben gestrichenen Prachtbau aus dem neunzehnten Jahrhundert wohnt, ein Haus im Queen-Anne-Stil, auffällig, raffiniert und einschüchternd wie seine Besitzerin. Das Grundstück ist dicht bewachsen mit Kreppmyrte, Eichen und Birken. Ihre dunklen Umrisse wiegen sich im Wind; Wasser tropft von Zweigen und Blättern.

Win parkt vor dem Haus, stellt die Scheinwerfer ab und den Motor aus. Die Lampe vor der Tür brennt nicht, nirgends auf dem Grundstück ist Licht, nur ein Fenster im ersten Stock links von der Haustür ist hell erleuchtet. Win bekommt wieder so ein Gefühl. Lamonts Range Rover steht in der kopfsteingepflasterten Einfahrt, Wins Gefühl wird stärker. Wenn sie nicht zu Hause ist, wurde sie abgeholt. Na und? Sie kann jeden haben, also hat ihr heutiger Lover sie mitgenommen, vielleicht zu ihm, kann doch sein. Aber dieses Gefühl will einfach nicht weichen. Wenn ihr Lover mit ihr im Haus ist, wo ist dann sein Auto? Win versucht es auf ihrem Festnetz, bekommt den Anrufbeantworter. Er ruft ihr Handy an, sie geht nicht dran. Er probiert es erneut. Keine Antwort.

Ein Mann mit einem roten Schal schickt ihn sinnlos durch die Gegend, macht sich über ihn lustig, bedroht ihn, verhöhnt ihn. Wer kann das sein? Win macht sich Sorgen, was am nächsten Tag in der Zeitung steht. Vielleicht macht Lamonts dumme Presseerklärung schon im Cyberspace die Runde, schwirrt durchs ganze Internet. Vielleicht hat der Mann in Rot dadurch von der Initiative und von Win erfahren – aber das ergibt keinen Sinn. Soweit Win weiß, stammte Vivian Finlay nicht aus Neuengland, weshalb also sollte sich jemand in Neuengland so sehr für sie interessieren, dass er sich die Mühe macht, Win anzurufen, ein Treffen zu vereinbaren und ihn dann zu verladen?

Win beobachtet Lamonts Haus und ihr dicht bewachsenes Grundstück, schaut die Straße hoch und runter, ohne zu wissen, was er sucht. Irgendetwas. Er nimmt die Taschenlampe und steigt aus dem prähistorisch anmutenden Auto seiner Großmutter, sieht sich aufmerksam um, lauscht. Er hat diese komische Ahnung, mehr noch als das. Aber vielleicht ist er auch nur verunsichert und rechnet einfach damit, dass ihm etwas sonderbar vorkommt, lässt sich einschüchtern wie ein kleiner Junge, wie damals, als er anfing, sich Geister, böse Menschen, schlimme Dinge, Todesfälle vorzustellen. Er hat eine Vorahnung, weil er es *im Blut hat,* wie seine Großmutter nicht müde wird zu verkünden. Win hat keine Waffe. Er folgt dem Weg aus Ziegelsteinen zur vorderen Veranda, steigt die Stufen hinauf, sieht sich um, lauscht und kommt zu dem Schluss, dass es Lamont ist, die ihn so unruhig macht.

Sie wird nicht begeistert sein. Wenn wirklich jemand bei ihr ist, wird sie Win den Kopf abreißen. Er klingelt und schaut nach oben. In dem Moment bewegt sich ein Schatten hinter den Gardinen im Fenster direkt über ihm. Win blickt hoch, wartet. Er leuchtet mit der Taschenlampe auf den Messingbriefkasten neben der Tür, hebt den Deckel an. Lamonts Post liegt noch drin, und Win fällt ein, dass sie etwas über einen Ersatzschlüssel gesagt hat. Er kann die Schlüsselbox nicht finden.

Regen fällt in großen kalten Tropfen von den Blättern, plitscht ihm auf den Kopf, als er um das Haus herum nach hinten geht, wo viele Bäume stehen und es sehr dunkel ist. Win findet den geöffneten Behälter für den Ersatzschlüssel;

die Hintertür ist angelehnt. Er zögert, sieht sich um, lauscht dem Plätschern des Regens, leuchtet mit der Taschenlampe in die Bäume, ins Gebüsch, richtet den Strahl auf etwas Dunkelrotes zwischen zwei Buchsbäumen, ein Benzinkanister mit Lumpen drauf, nass vom Regen, aber sauber. Wins Puls wird schneller, beginnt zu rasen, lautlos betritt er die Küche, hört Lamonts Stimme, dann eine männliche, eine wütende Männerstimme aus dem ersten Stock, dem Zimmer mit dem erleuchteten Fenster über der Haustür.

Schnell huscht Win die knarrende Holztreppe hinauf, nimmt drei Stufen auf einmal, läuft über quietschende Dielen den Flur entlang. Durch eine offene Tür sieht er Lamont auf dem Bett liegen, nackt, an die Bettpfosten gefesselt, ein Mann in Jeans und T-Shirt sitzt auf der Bettkante und fährt ihr mit einer Pistole über die Haut.

»Sag: Ich bin eine Hure!«

»Ich bin eine Hure«, wiederholt Lamont mit zitternder Stimme. »Bitte tun Sie das nicht!«

Links neben dem Bett ist ein Fenster, der Vorhang ist zugezogen. Lamonts Kleidung liegt auf dem Boden, der Hosenanzug, den sie Stunden zuvor beim Abendessen trug.

»Ich bin eine dreckige Hure. Los, sag es!«

Über dem Bett hängt ein riesiger gläserner Lüster mit aufgemalten Blumen, blau, rot und grün. Win schleudert die Taschenlampe dagegen, klirrend trifft sie das Glas. Der Kronleuchter zerspringt, schwingt hin und her. Der Fremde schießt vom Bett hoch, fährt herum. Win packt ihn am Handgelenk, versucht ihm die Pistole zu entwinden. Er riecht den Atem des Mannes, Knoblauch. Eine Kugel trifft die Decke, verpasst knapp Wins Kopf.

»Her damit! Los!«

Wins Stimme klingt gedämpft in seinen summenden Ohren, er kämpft um die Pistole, ein Schuss löst sich und noch einer. Plötzlich lockert sich der Griff des Fremden. Win reißt die Waffe an sich und stößt den Mann fort. Er bricht zusammen, Blut sickert aus seinem Kopf, sammelt sich auf dem Holzboden. Still liegt der Eindringling neben dem Bett, blutet, bewegt sich nicht, ein junger Latino, keine zwanzig Jahre.

Win zerrt eine Steppdecke über Lamont, befreit sie von den Stromkabeln, mit denen sie an die Bettpfosten gefesselt ist, und sagt immer wieder: »Schon gut, Sie sind in Sicherheit. Ist alles gut.« Auf seinem Handy ruft er die 911, und Lamont setzt sich auf, rafft die Decke enger um sich, ringt nach Luft, zittert heftig, blickt wild umher.

»O Gott!«, sagt sie immer wieder. »O Gott!« Sie schreit es.

»Schon gut, es ist jetzt gut, Sie sind in Sicherheit«, sagt Win, sieht sich um, betrachtet den Mann auf dem Boden, das allgegenwärtige Blut, die blutigen Scherben aus buntem Kunstglas.

»War er allein?«, fragt Win, sein Herz pocht wild, seine Augen wandern im Raum umher, seine Ohren summen. Er hält die Pistole gezückt. »War da noch einer?«, schreit er.

Lamont schüttelt den Kopf, ihr Atem wird flach und schnell, ihr Gesicht bleich, die Augen glänzen glasig. Gleich fällt sie in Ohnmacht.

»Langsam und tief durchatmen, Monique!« Win zieht sein Sakko aus, legt es ihr in die Hände, hält es ihr vors Gesicht. »Gut so. Atmen Sie da rein wie in eine Papiertüte. Gut so. Sehr gut! Tief und langsam atmen! Niemand tut Ihnen was.«

5. Kapitel

Mit einem Krankenhaushemd bekleidet, sitzt Monique Lamont im Untersuchungsraum des Mount Auburn Hospital, nur wenige Straßen von ihrem eigenen Haus entfernt.

Es ist ein schlichter Raum, weiß, ein Untersuchungstisch (mit Beinhaltern), dazu eine Ablage, ein Waschbecken, ein Schrank mit ärztlichen Utensilien, eine Untersuchungslampe. Kurz zuvor ist eine Krankenschwester der Rechtsmedizin mit Lamont allein gewesen, hat die Körperöffnungen der Staatsanwältin und andere Intimzonen ihres Körpers untersucht, Speichel und Sperma abgetupft, Haare entfernt, Hautspuren unter ihren Fingernägeln gesichert, nach Verletzungen gesucht, Fotos gemacht, alle eventuellen Beweise gesammelt. Lamont hält sich erstaunlich gut, vielleicht unnatürlich gut, spielt sich selbst, bearbeitet ihren eigenen Fall.

Sie sitzt auf einem weißen Plastikstuhl neben dem mit weißem Papier bezogenen Tisch, Win auf einem Hocker ihr gegenüber. Ein weiterer Ermittler der Massachusetts State Police, Sammy, steht vor der geschlossenen Tür. Man hatte Lamont angeboten, sich in angenehmerer Umgebung befragen zu lassen, zum Beispiel bei sich zu Hause, aber sie lehnte ab, machte die nüchtern-kühle Bemerkung, es sei am besten, das an Ort und Stelle zu erledigen, die auf das Thema bezogenen Gespräche und Vorgänge dort zu belassen, wo sie hingehörten. Anders ausgedrückt: Win bezweifelt, dass sie jemals wieder in ihrem Schlafzimmer übernachten wird. Er würde sich nicht wundern, wenn sie ihr Haus verkauft.

»Was wissen wir über ihn?«, fragt sie erneut, die Vertreterin der Anklage, emotionslos in Bezug auf das jüngste Geschehen.

Der Zustand des Eindringlings ist kritisch. Win wägt genau ab, was er Lamont erzählt. Die Situation ist, gelinde gesagt, ungewöhnlich. Lamont ist es gewohnt, der Polizei des Bundesstaats jede beliebige Frage zu stellen und eine Antwort zu erhalten. Sie ist die Staatsanwältin, sie ist zuständig, sie ist darauf programmiert, Informationen zu fordern und zu bekommen.

»Ms. Lamont«, sagt Sammy höflich, »wie Sie wissen, hatte der Täter eine Waffe, und Win hat getan, was er tun musste. So was passiert nun mal.«

Danach hat sie gar nicht gefragt. Sie schaut Win an, hält seinem Blick bemerkenswert gut stand, wenn man bedenkt, dass er sie noch vor wenigen Stunden nackt ans Bett gefesselt gesehen hat.

»Was wissen Sie über ihn!« Keine Frage mehr, ein Befehl.

»Nur wenig«, entgegnet Win. »Die Staatsanwaltschaft hat ihn vor rund zwei Monaten vorm Jugendgericht angeklagt.«

»Weswegen?«

»Besitz von Marihuana und Crack. Richter Lanier, das Weichei, hat ihn mit einer Ermahnung davonkommen lassen.«

»Ich habe die Anklage auf jeden Fall nicht vertreten. Ich habe ihn noch nie gesehen. Was noch?«

»Hören Sie«, sagt Win, »wäre es nicht besser, wenn Sie uns erst unsere Arbeit machen lassen und ich Ihnen dann alles erzähle, was ich weiß?«

»Nein«, gibt Lamont zurück. »Hier geht's nicht darum, was Sie wissen. Hier geht's um das, was *ich* wissen will.«

»Aber im Moment …«, beginnt Win.

»Informationen!«, drängt Lamont.

»Ich hätte eine Frage.« Sammy schaltet sich von seiner entfernten Position an der Tür ein. »Bezüglich Ihrer Heimkehr gestern Abend.«

Sein gerötetes Gesicht wirkt verbissen, irgendetwas liegt in seinem Blick. Vielleicht Verlegenheit. Vielleicht kommt er sich vor wie ein Voyeur, weil er mit der Staatsanwältin spricht, nachdem sie so etwas erlebt hat. Lamont ignoriert ihn, ignoriert seine Frage.

»Ich habe mit Ihnen zu Abend gegessen«, sagt sie zu Win. »Bin ins Auto gestiegen und zurück ins Büro gefahren, um noch ein paar Dinge zu erledigen, dann direkt nach Hause. Weil ich meine Schlüssel nicht dabeihatte, bin ich hintenrum gegangen, habe den Code in die Box für den Ersatzschlüssel eingegeben, ihn rausgenommen und die Hintertür aufgeschlossen, als mir plötzlich jemand, den ich nicht sehen konnte, die Hand über den Mund legte und sagte: *Kein Ton, sonst bist du tot*. Dann schob er mich ins Haus.«

Lamont macht das gut, die Wiedergabe der Fakten. Der Angreifer, mittlerweile identifiziert als Roger Baptista aus East Cambridge, einem Stadtteil, der nicht weit entfernt von dem Gerichtsgebäude ist, in dem Lamont arbeitet, zwang sie, in ihr Schlafzimmer zu gehen. Er riss die Kabel aus den Lampen, aus dem Radiowecker. Zuerst klingelte ihr Telefon. Sie ging nicht dran. Dann summte ihr Handy. Sie ging nicht dran.

Es war Win.

Ihr Handy summte erneut, und sie überlegte schnell, behauptete, es sei ihr Freund, er würde sich Sorgen machen, könnte vorbeikommen. Baptista sagte, sie solle sich melden, aber wenn sie irgendeinen Trick versuchte, würde er ihr den Kopf wegblasen und ihren Freund erschießen, würde alle umbringen. Lamont nahm ab. Sie führte das sonderbare, kurze Gespräch mit Win. Dann legte sie auf, und Baptista zwang sie, sich auszuziehen, fesselte sie an die Bettpfosten und vergewaltigte sie. Dann zog er seine Hose wieder an.

»Warum haben Sie sich nicht gewehrt?«, fragt Sammy so vorsichtig wie möglich.

»Er hatte eine Waffe.« Lamont schaut Win an. »Ich hatte keinen Zweifel, dass er sie benutzen würde, wenn ich Widerstand leistete, dass er sie wahrscheinlich so oder so einsetzen würde. Wenn er mit mir fertig war. Ich habe alles getan, damit die Situation nicht eskalierte.«

»Soll heißen?«, fragt Win.

Sie zögert, wendet den Blick ab. »Soll heißen, ich habe ihm gesagt, er könne tun, was er wolle, habe so getan, als hätte ich keine Angst. Und würde mich nicht ekeln. Habe getan, was er wollte. Gesagt, was er mir diktierte.« Sie überlegt. »So ruhig und freundlich, wie es mir unter diesen Umständen möglich war. Ich – ähm – sagte, er müsse mich nicht fesseln, ich, ähm … ich hätte die ganze Zeit mit Fällen wie ihm zu tun, würde Bescheid wissen, wüsste, dass er seine Gründe hätte. Ähm, ich, hm …«

Die nun folgende Stille hallt in dem kleinen Raum wider, und zum ersten Mal sieht Win Monique Lamont erröten. Er glaubt genau zu wissen, was sie gesagt hat, um Zeit zu schinden, um Baptista zu beruhigen, eine persönliche Beziehung zu ihm herzustellen in der vagen Hoffnung, dadurch am Leben zu bleiben.

»Vielleicht haben Sie so getan, als wollten Sie es auch ein bisschen«, versucht es Sammy. »Das machen viele Frauen: dem Vergewaltiger das Gefühl geben, dass sie es gut finden, dass es ihnen Spaß macht, einen Orgasmus vortäuschen und ihn hinterher sogar fragen, ob er noch mal wiederkommt, als wäre er ihr Freund oder …«

»Raus!«, schreit Lamont und weist mit dem Finger zur Tür. »Raus hier!«

»Ich wollte nur …«

»Haben Sie mich nicht verstanden?«

Sammy verschwindet, lässt Win mit ihr allein, was ihm nicht gerade recht ist. Da er ihrem Angreifer kritische Verletzungen zugefügt hat, wäre es klüger, Lamont in Anwesenheit mindestens eines Zeugen zu befragen.

»Wer ist dieser Mistkerl?«, fragt Lamont. »Wer ist er? Und halten Sie es allen Ernstes für einen Zufall, dass er gerade an dem Abend bei mir auftaucht, als meine Schlüssel auf geheimnisvolle Weise verschwinden? Wer ist er?«

»Roger Baptista …«

»Das habe ich nicht gefragt.«

»Wann haben Sie Ihre Schlüssel zuletzt gesehen?«, fragt Win. »Sie haben mit ihnen abgeschlossen, als Sie heute Morgen zur Arbeit fuhren, ach nein, gestern Morgen.«

»Nein.«

»Nicht?«

Sie schweigt kurz. »Ich war gestern Nacht nicht zu Hause.«

»Wo waren Sie?«

»Woanders. Bin von da morgens ins Büro gefahren. Nach der Arbeit habe ich mit Ihnen zu Abend gegessen und bin noch mal im Büro vorbeigefahren. Das ist die zeitliche Abfolge.«

»Wollen Sie mir nicht sagen, wo Sie in der Nacht waren?«

»Nein.«

»Ich versuche nur …«

»Ich bin nicht diejenige, die ein Verbrechen begangen hat.« Kühl starrt Lamont ihn an.

»Monique, ich nehme an, dass Ihre Alarmanlage eingeschaltet war, als Sie die Tür mit dem Ersatzschlüssel öffneten«, sagt Win spitz. »Baptista legte Ihnen die Hand auf den Mund, als Sie aufschlossen. Was passierte danach mit der Alarmanlage?«

»Ich sollte sie ausschalten, sagte er, sonst würde er mich umbringen.«

»Was ist mit einem stillen Alarm, der die Polizei benachrichtigt?«

»Ich bitte Sie! Würden Sie in der Situation an so was denken? Auf welche Sicherheitsmaßnahmen würden Sie wohl zurückgreifen, wenn Ihnen jemand eine Knarre an den Kopf hält!«

»Wissen Sie etwas von einem Benzinkanister und Lumpen, die in der Nähe der Hintertür im Gebüsch gefunden wurden?«

»Wir beide müssen ein wichtiges Gespräch führen«, sagt Lamont nur.

Sykes fährt mit ihrem Wagen, einem blauen 79er VW Rabbit, durch die Old City, wie die historische Altstadt von Knoxville genannt wird.

Sie kommt an Barley's Taproom and Pizzeria, am Tonic Grill, leer und dunkel, dann an einer Baustelle vorbei, die vor kurzem stillgelegt wurde, weil ein Bagger Knochen ausgrub, die, wie sich herausstellte, von einer Kuh stammten. Auf dem Gelände befand sich vor langer Zeit mal ein Schlachthof. Sykes' Unbehagen – sie nennt es »Bammel« – wird stärker, je näher sie ihrem Ziel kommt. Sie hofft, dass Wins Bitte, die Akte des Finlay-Falls *unverzüglich* aufzuspüren, wirklich so dringend ist, um den Akademiedirektor, den Leiter der Polizei von Knoxville und noch ein paar andere Leute von der Ermittlungsabteilung aus dem Bett zu holen. Niemand konnte die Akte finden, nur ihre Eingangsnummer: KPD893–85.

Als Letztes, und das war am unangenehmsten, holte Sykes die Witwe des ehemaligen Detective Jimmy Barber aus dem Bett. Mrs. Barber klang ein wenig betrunken. Sykes fragte, was ihr verstorbener Gatte wohl mit seinen alten Akten, seinen Unterlagen und persönlichen Erinnerungen gemacht hätte, als er in Pension ging und sein Büro im Präsidium räumen musste.

Der ganze Scheiß ist unten im Keller. Was glaubt ihr eigentlich, was er da versteckt, Jimmy Hoffa vielleicht? Oder den verfluchten Da-Vinci-Code?

Es tut mir wirklich Leid, dass ich Sie stören muss, Mrs. Barber. Aber wir versuchen, bestimmte alte Akten ausfindig zu machen. Sykes achtete auf ihre Wortwahl, im Hinterkopf Wins Bemerkung, da stimme etwas nicht.

Weiß echt nicht, was ihr euch alle auf einmal in'n Kopf gesetzt habt, meckerte Mrs. Barber schlecht gelaunt, schimpfte, nuschelte. *Herrgott noch mal, es ist drei Uhr morgens!*

In dem Gebiet, das hier Shortwest Knoxville genannt wird, dünnt die Stadt langsam aus, löst sich in Sozialbausiedlungen auf, dann wird es rund zwei Meilen westlich des Zentrums noch einmal ein bisschen besser. Sykes parkt vor einem kleinen Bungalow mit plastikverkleideter Fassade. Vor dem Haus herrscht Chaos, es ist das einzige, dessen Mülltonnen an der Straße stehen, weil Mrs. Barber anscheinend zu faul ist, sie zurück ins Haus zu schieben. Hier gibt es nur wenige Straßenlaternen, dafür umso mehr aufgemotzte alte Wagen – Cadillacs, ein violett lackierter Lincoln, eine Corvette mit diesen albernen Radkappen. Die Schrottkisten von Nichtsnutzen, Dealern, jugendlichen Losern. Sykes ist sich der Glock Kaliber .40 im Schulterholster unter ihrer Jacke deutlich bewusst. Sie geht zur Tür und klingelt.

Augenblicklich springt das Licht auf der Veranda an.

»Wer ist da?«, lallt eine Stimme hinter der Tür.

»Mein Name ist Sykes, ich bin vom Tennessee Bureau of Investigation.«

Die Kette rasselt. Ein Bolzen wird entriegelt. Die Tür geht auf, und eine billig aussehende Frau mit blondiertem Haar und verschmierter Wimperntusche tritt zur Seite, um Sykes hereinzulassen.

»Mrs. Barber«, sagt Sykes höflich. »Ich bin Ihnen wirklich dankbar …«

»Weiß echt nicht, was der ganze Aufstand soll, aber bitte.« Ihr Morgenrock ist falsch geknöpft, die Augen sind blutunterlaufen, sie riecht nach Schnaps. »Der Keller ist da runter.« Mit dem Kinn weist sie in die entsprechende Richtung und sperrt die Tür umständlich wieder ab. Ihre laute Stimme hat einen stark näselnden Klang. »Meinetwegen können Sie in dem Kram rumwühlen, so lange Sie wollen. Am besten, Sie laden alles auf einen Laster und karren es hier endlich weg.«

»Ich muss es nicht auf einen Laster laden«, entgegnet Sykes. »Ich muss mir nur Polizeiakten ansehen, die Ihr Mann in seinem Büro hatte.«

»Ich geh wieder ins Bett«, verkündet Mrs. Barber.

Lamont scheint vergessen zu haben, wo sie sich befindet.

Win kommt der Verdacht, dass sie Wahnvorstellungen hat und glaubt, in ihrem großen Büro inmitten ihrer Glassammlung zu sein, vielleicht in einem ihrer superteuren Designerkostüme, dass sie sich einbildet, an ihrem großen Glastisch zu sitzen anstatt in einem Krankenhaushemd auf einem Plastikstuhl in einem Untersuchungsraum. Sie benimmt sich wie immer, als würde sie mit Win an einem Aufsehen erregenden Fall arbeiten, der mit Sicherheit eine Menge Komplikationen und öffentliche Aufmerksamkeit bringen wird.

»Verstehen Sie mich überhaupt?«, fragt sie Win. Es klopft an der Tür.

»Moment.« Win steht auf und öffnet.

Sammy steckt den Kopf herein. »'tschuldigung«, sagt er leise.

Win tritt nach draußen in den Gang, zieht die Tür hinter sich zu. Sammy reicht ihm den aktuellen *Boston Globe,* den Lokalteil. Die Schlagzeile oben auf der Titelseite meldet in Fettdruck:

ANY CRIME, ANY TIME
STAATSANWÄLTIN WILL ALTEN FALL MIT HIGH-TECH-METHODEN AUFKLÄREN

»Es gibt vier Sachen, die du wissen musst«, sagt Sammy. »Erstens: Du wirst in dem Artikel zigmal erwähnt, da steht bis ins Detail, wie du den persönlichen Lieblingsfall des Gouverneurs lösen wirst. Oder wohl eher *ihren* Lieblingsfall« – er blickt zu der geschlossenen Tür – »er hat ihn ja an sie delegiert. Viel Glück, falls der Mörder noch frei rumläuft und den ganzen Scheiß liest. Zweitens, tja, das ist erst recht keine gute Nachricht.«

»Was denn?«

»Baptista ist eben gestorben. Das heißt, wir können nicht mehr mit ihm reden. Drittens habe ich seine Sachen durchsucht und in der hinteren Hosentasche tausend Dollar in Hundertern gefunden.«

»Lose, gefaltet oder wie?«

»In einem schlichten weißen Umschlag, unbeschriftet. Die Scheine sehen neu aus, sind noch ganz glatt. Nicht geknickt oder so. Hab Huber zu Hause angerufen. Das Labor will sie sich sofort vornehmen, auf Fingerspuren untersuchen.«

»Was noch?«

»Die Presse hat davon Wind bekommen ...« Wieder weist Sammy mit dem Kinn Richtung Tür. »Unten auf dem Parkplatz warten mindestens drei Übertragungswagen und massenhaft Journalisten, und es ist noch nicht mal hell.«

Win geht zurück ins Untersuchungszimmer, schließt die Tür.

Lamont sitzt noch immer auf dem Plastikstuhl. Ihm fällt ein, dass sie nichts anzuziehen hat, falls sie sich nicht überwinden kann, den Trainingsanzug zu nehmen, den sie anzog, bevor er sie ins Krankenhaus fuhr. Nach dem Übergriff durfte sie nicht duschen, das musste er ihr nicht erst sagen, sie kennt die Vorschriften. Lamont hat noch immer nicht geduscht, es ist kein Thema, auf das er sie gerne anspricht.

»Die Presse weiß Bescheid«, sagt er und setzt sich wieder

auf den Hocker. »Ich muss Sie hier rausbekommen, ohne dass die über Sie herfallen. Ihnen ist doch hoffentlich klar, dass Sie jetzt nicht zurück in Ihr Haus können, oder?«

»Er wollte es anzünden«, stellt Lamont fest.

Der Benzinkanister war voll. Es war bestimmt nicht ihr Gärtner, der ihn dort stehen ließ.

»Er wollte mich umbringen und mein Haus anzünden.« Eine feste, klare Stimme, die Staatsanwältin bearbeitet den Fall, als spreche sie über ein fremdes Opfer. »Warum? Damit mein Tod wie ein Unfall aussieht? Damit es aussieht, als wäre ich in meinem Haus verbrannt? Das ist kein Anfänger.«

»Kommt drauf an, ob die Idee auf seinem eigenen Mist gewachsen ist«, entgegnet Win. »Oder ob er beauftragt wurde. Es ist nicht gerade sehr zuverlässig, einen Mord mit einem Brand zu vertuschen. Die Leichenschau hätte bestimmt Hinweise auf Weichteilverletzungen ergeben, man hätte das Projektil und mögliche Schäden an Knochen und Knorpelmasse gefunden. Leichen verbrennen nicht vollständig. Das wissen Sie.«

Win denkt an das Geld in Baptistas Hosentasche, und irgendetwas sagt ihm, dass es keine gute Idee ist, Lamont darüber zu informieren.

»Sie müssen hier bleiben«, sagt sie und umklammert die Decke fester. »Vergessen Sie die Frau in Tennessee, wie hieß sie noch mal? Wir müssen herausfinden, wer dahintersteckt. Vielleicht war es nicht nur so ein kleiner mieser Sack, sondern es steckt jemand anders dahinter, der ihn auf mich angesetzt hat.«

»Huber hat schon die Labors benachrichtigt …«

»Wieso weiß der Bescheid?«, platzt es aus Lamont heraus. »Ich hab ihm nicht …« Mit großen Augen hält sie inne. Dann spricht sie wieder von Baptista: »Damit kommt der mir nicht durch. Dies ist ein Fall, der nicht … Ich möchte, dass Sie ihn übernehmen, Win. Den machen wir fertig.«

Win verkneift sich die nahe liegende Bemerkung. »Monique, er ist tot.«

Sie zeigt keine Reaktion.

»Ob berechtigt oder nicht, Kampf hin oder her, ich habe ihn getötet. Das war in Ordnung. Aber Sie wissen, wie es weitergeht. Sie können den Fall nicht allein untersuchen, Sie müssen ihn entweder an einen anderen Staatsanwalt übergeben oder die Mordkommission hinzuziehen. Ganz zu schweigen vom Dezernat Interne Ermittlungen, das natürlich ebenfalls loslegen wird. Dann die Obduktion und jeder andere erdenkliche Test. Ich werde eine Weile Verwaltungsarbeit machen müssen.«

»Ich will, dass Sie sofort mit den Ermittlungen beginnen.«

»Nicht mal einen Tag Pause zur psychischen Wiederherstellung? Toll.«

»Gehen Sie ein paar Bier trinken mit den Jungs vom psychologischen Dienst. Hören Sie mir auf mit Ihrer angeblichen psychischen Gesundheit.« Lamonts Gesicht ist aschfahl, ihre Augen sind dunkle Höhlen des Hasses, so als wäre Win derjenige, der sie angegriffen hat. »Wenn ich mir keinen Tag Ruhe gönne, gilt das erst recht für Sie, verstanden?«

Ihr verändertes Verhalten ist verwirrend, erschreckt ihn.

»Sie begreifen nicht das Ausmaß dessen, was gerade passiert ist«, sagt Win. »Das sehe ich ständig bei Opfern.«

»Ich bin kein Opfer! Ich soll zum Opfer gemacht werden.« Ebenso plötzlich ist sie wieder die Staatsanwältin, die Strategin, die Politikerin. »Die Sache muss absolut professionell gehandhabt werden. Wissen Sie, wer ich sonst bin? Die Kandidatin, die vergewaltigt wurde.«

Win erwidert nichts.

»*Any crime, any time* – das gilt auch für diesen Fall«, sagt sie.

6. Kapitel

Monique Lamont steht mitten im Untersuchungsraum, die weiße Decke um sich geschlungen.

»Schaffen Sie uns hier raus!«, befiehlt sie Win.

»Nicht *uns*«, korrigiert er. »Ich kann nicht mitkom…«

»Ich will, dass Sie den Fall übernehmen, also kommen Sie jetzt mit«, sagt sie mit ausdruckslosem Gesicht. Es gleicht einer Maske. »Schaffen Sie uns hier raus! Sie bleiben bei mir, bis ich in Sicherheit bin. Wir wissen nicht, wer dahintersteckt. Ich muss in Sicherheit sein.«

»Das werden Sie auch, aber ohne mich.«

Lamont schaut ihn mit leeren Augen an.

»Das muss von anderer Stelle untersucht werden, Monique. Ich kann keinen Menschen töten und einfach so tun, als wäre nichts gewesen.«

»Sie können es, und Sie werden es tun.«

»Sie erwarten doch nicht ernsthaft, dass ich Ihren Bodyguard spiele …?«

»Das hätten Sie wohl gern, was?«, entgegnet Lamont, und in ihren Augen ist etwas, das er noch nie gesehen hat, nicht bei ihr. »Bringen Sie mich hier raus! Es muss doch einen Keller geben, einen Notausgang, irgendwas. Schaffen Sie mich hier raus! Hat dieses verfluchte Krankenhaus denn keinen Heliport auf dem Dach?«

Win ruft Sammy übers Handy an. »Besorg einen Chopper und flieg sie hier raus.«

»Wohin?«, will Sammy wissen.

Win fragt Lamont: »Gibt es einen sicheren Ort, wo Sie vorerst bleiben können?«

Sie zögert, dann sagt sie: »In Boston.«

»Wo in Boston? Das muss ich wissen.«

»In einer Wohnung.«

»Sie haben eine Wohnung in Boston?« Das ist ihm neu. Was macht sie mit einer Wohnung nur zehn Meilen von ihrem Haus entfernt?

Lamont antwortet nicht, schuldet Win keine weitere Erklärung über ihr Leben.

Er gibt die Information an Sammy weiter. »Sorg dafür, dass Sie von einem Kollegen abgeholt wird, der sie zu der Wohnung fährt.«

Win legt auf, sieht Lamont an, hat wieder so ein ungutes Gefühl. »Es ist schwer, die richtigen Worte zu finden, Monique, aber ich kann Ihnen gar nicht sagen, wie Leid es mir tut ...«

»Ist halt schwer auszudrücken.« Wieder wirft sie ihm so einen sonderbaren Blick zu.

»Ich bin von jetzt an ein paar Tage außer Dienst«, verkündet er. »Das ist das Beste für alle Beteiligten.«

Sie steht in dem kleinen weißen Raum, die weiße Decke um sich geschlungen, und starrt ihn an. »Was soll das heißen: das Beste für alle Beteiligten? Ich weiß wohl selbst am besten, was gut für mich ist.«

»Vielleicht geht's hier nicht nur um Sie«, erwidert er.

Unverwandt schaut Lamont ihn an.

»Monique, ich brauche ein paar Tage, um mich um einige Sachen zu kümmern.«

»Ihre Aufgabe ist es jetzt, sich um mich zu kümmern«, gibt sie zurück. »Es ist Schadensbegrenzung gefragt, wir drehen den Spieß um. Und dafür brauchen *Sie mich*.«

Völlig reglos steht sie da, starrt Win an. Über ihrem Blick liegt ein dunkler Schleier von Wut und Hass.

»Ich bin die einzige Zeugin«, sagt sie mit ausdrucksloser Stimme.

»Soll das eine Drohung sein? Wollen Sie lügen, wenn ich nicht tue, was Sie von mir verlangen?«

»Ich lüge nicht. Zumindest *das* wissen die Leute über mich«, erwidert Lamont.

»Wollen Sie mir drohen?«, wiederholt er. Jetzt ist er im Dienst, nicht mehr der Mann, der ihr das Leben rettete. »Es gibt nämlich wichtigere Zeugen als Sie. Die stummen Zeugen der Rechtsmedizin, zum Beispiel die Körperflüssigkeiten des Täters. Es sei denn, Sie behaupten, es geschah in gegenseitigem Einvernehmen. Dann sind sein Speichel und sein Sperma natürlich irrelevant. Dann muss ich annehmen, dass ich Sie im Bett überrascht habe, in eine etwas pikante Nummer geplatzt bin. Vielleicht wollte er Sie vor mir schützen, hielt *mich* für den Eindringling. Wollen Sie das vielleicht sagen, Monique?«

»Was fällt Ihnen ein!«

»Ich denke mir gern Geschichten aus. Wollen Sie noch mehr hören?«

»Unterstehen Sie sich!«

»Nein, unterstehen *Sie* sich! Ich habe Ihnen eben das Leben gerettet, verflucht noch mal.«

»Sie sind ein Chauvinistenschwein! Typisch Mann! Wir Frauen wollen es ja alle.«

»Schluss jetzt!«

»Alle Frauen träumen ja heimlich davon, mal so richtig …«

»Schluss damit!« Win senkt die Stimme. »Ich helfe Ihnen, so gut ich kann. *Ich* war es nicht, der Ihnen das angetan hat. Sie wissen, was passiert ist. Der Kerl ist tot. Er hat es verdient. Er hat seine gerechte Strafe bekommen, wenn man so will. Sie haben gewonnen, er hat den höchsten Preis bezahlt, könnte man sagen. Es wäre besser, wenn wir jetzt retten, was zu retten ist, alles wieder in ruhige Bahnen lenken, so gut wir können. Schadensbegrenzung, wie Sie eben selbst sagten.«

Lamonts Blick wird klarer. Er ist voller Gedanken.

»Ich brauche ein paar Tage«, sagt Win. »Hören Sie auf, Ihre Wut an mir auszulassen! Wenn Sie das nicht können, habe ich keine andere Wahl, dann muss ich …«

»Ich will Fakten!«, unterbricht Lamont ihn. »Fingerspuren auf dem Benzinkanister. DNA. Die Pistole – die ist doch geklaut! Meine verschwundenen Schlüssel, wahrscheinlich ein Zufall, es sei denn, man findet sie bei ihm oder bei mir zu Hause. Wenn ja, warum hat er dann nicht *in* meinem Haus gewartet?«

»Die Alarmanlage.«

»Stimmt.« Lamont geht auf und ab, in die weiße Decke gehüllt wie ein Indianerhäuptling. »Wie ist er zu mir gekommen? Hat er ein Auto? Wurde er gebracht? Seine Familie: Wen kannte er?«

Präteritum: Der Angreifer ist tot, und schon spricht sie von ihm in der Vergangenheit. Es ist nicht mal eine Stunde her. Win schaut auf die Uhr. Er ruft Sammy an. Der Chopper ist in neun Minuten da.

Der Bell 430 steigt vom Hubschrauberlandeplatz des Mount Auburn Hospital auf, schwebt auf der Stelle und dreht dann ab, auf die Silhouette Bostons zu. Er hat sieben Millionen Dollar gekostet. Lamont hat sich sehr dafür eingesetzt, dass die Massachusetts State Police drei davon bekommt.

Im Augenblick ist sie nicht besonders stolz darauf, ist auf nichts besonders stolz. Sie könnte nicht einmal sagen, wie ihr zumute ist. Schwer, steinern. Von ihrem Platz hinter dem Piloten kann sie sehen, dass Journalisten hektisch umherlaufen, Kameras auf sie richten. Lamont schließt die Augen und versucht ihr verzweifeltes Bedürfnis nach einer Dusche und frischer Kleidung zu ignorieren, versucht die Bereiche ihres Körpers zu vergessen, in die dieser Mann gewaltsam eindrang, versucht die nagenden Ängste vor sexuell übertragbaren Krankheiten und Schwangerschaft zu verdrängen. Sie will sich darauf konzentrieren, wer und was sie ist, und nicht darauf, was vor Stunden geschah.

Sie atmet tief durch, schaut aus dem Fenster, blickt auf die unter ihr dahinfliegenden Dächer. Der Hubschrauber dreht ab in Richtung Massachusetts General Hospital. Dort will der Pilot landen, weil jemand von der State Police die Staatsanwältin abholen und zu einer Wohnung bringen wird, von der eigentlich niemand wissen darf. Diesen Fehler wird sie noch bereuen, aber sie weiß nicht, was sie sonst hätte tun sollen.

»Alles in Ordnung da hinten?«, fragt der Pilot über Kopfhörer.

»Ja.«

»Wir landen in vier Minuten.«

Sie sinken nach unten. Unverwandt starrt Lamont auf die Abtrennung zwischen ihr und den Piloten. Sie spürt, dass sie schwerer wird, nach unten sackt. Als Studentin in Harvard war sie einmal furchtbar betrunken, völlig blau, und auch wenn sie nie mit jemandem ein Wort darüber gewechselt hat, weiß sie, dass mindestens einer der Männer, mit denen sie feierte, mit ihr intim wurde, während sie weggetreten war. Als sie wieder zu sich kam, war die Sonne aufgegangen, und die Vögel zwitscherten, und sie lag allein auf der Couch und wusste genau, was geschehen war, zeigte den von ihr Verdächtigten jedoch nicht an. An eine Untersuchung durch eine Krankenschwester der Rechtsmedizin dachte sie schon gar nicht. Sie weiß noch, wie sie sich an jenem Tag fühlte: vergiftet, benommen. Nein, nicht einfach benommen, sondern tot. So ging es ihr, erinnert sie sich jetzt, als sie auf die Silhouette der Stadt zufliegt. Sie fühlte sich tot.

Der Tod kann befreiend sein. Es gibt Dinge, über die man sich keine Gedanken mehr machen muss, wenn man tot ist. Man kann nicht verletzt oder verstümmelt werden.

»Ms. Lamont?«, ertönt die Stimme des einen Piloten wieder über Kopfhörer. »Wenn wir landen, dauert es eine Minute, bis man aussteigen kann. Bleiben Sie bitte solange sitzen. Man wird Ihnen die Tür öffnen und hinaushelfen.«

Sie stellt sich Gouverneur Crawley vor. Sein hässliches, dummdreist grinsendes Gesicht, wenn er die Nachricht hört. Wahrscheinlich weiß er längst Bescheid. Natürlich. Er wird Mitgefühl zeigen, niedergeschmettert sein und sie im Wahlkampf erniedrigen und fertig machen.

»Und dann?«, fragt sie, schiebt das Mikro näher an den Mund.

»Das weiß der Kollege der State Police …«, antwortet der Pilot.

Lamont unterbricht ihn: »Sie sind selbst von der State Police. Ich frage Sie, was Sie vorhaben. Ist die Presse da?«

»Das wird Ihnen noch mitgeteilt.«

Sie schweben über dem Landeplatz auf dem Dach des Krankenhauses, im Luftzug der Rotoren flattert eine orangefarbene Windhose. Eine Frau von der State Police in blauer Uniform senkt den Kopf gegen den Wind. Der Helikopter setzt auf, geht in den Leerlauf. Lamont wartet und sieht der unbekannten, unscheinbaren Beamtin entgegen – eine Frau weit unten aus der Nahrungskette, die die traumatisierte, bedrängte Staatsanwältin an einen sicheren Ort bringen soll. Dieser verfluchte Geleitschutz, eine Frau als Bodyguard, soll Lamont daran erinnern, dass sie eine Frau ist, die gerade von einem Mann vergewaltigt wurde und deshalb wahrscheinlich nicht von einem Mann begleitet werden will. Sie ist angeschlagen. Sie ist ein Opfer. Lamont stellt sich Crawley vor, malt sich aus, was er sagen wird, was er jetzt schon sagt und denkt.

Die Triebwerke verstummen. Die Rotorblätter winseln leise, werden langsamer, halten inne. Lamont nimmt Kopfhörer und Schultergurt ab und hat Crawley vor Augen, wie er mit dummem, betroffenem Gesicht in die Kameras glotzt und Monique Lamont das Mitgefühl der Bevölkerung von Massachusetts ausspricht. Dem Opfer Lamont.

Opfer Lamont kandidiert für Gouverneursposten. Any crime, any time – *auch für Monique Lamont.*

Lamont öffnet selbständig die Tür des Hubschraubers, bevor die Polizeibeamtin es tun kann. Sie steigt aus, ehe ihr jemand hilft.

Any crime, any time – auch für Monique Lamont.

»Holen Sie auf der Stelle Win Garano!«, befiehlt sie der Beamtin. »Sagen Sie ihm, er soll alles stehen und liegen lassen und sich unverzüglich bei mir melden!«

»Ja, Ma'am. Ich bin Sergeant Small.« Die Frau in Blau hält Lamont die Hand hin, übereifrig, salutiert beinahe.

»Unglücklicher Name«, sagt Lamont und steuert auf eine Tür zu, die ins Krankenhaus führt.

»Sie meinen doch den Ermittler, nicht? Der Geronimo genannt wird?« Sergeant Small holt Lamont ein. »Wenn ich dick wäre, wäre der Name wirklich schlimm, Ma'am. Ich werde so schon oft genug veräppelt.« Sie zieht ihr Funkgerät aus dem schweren schwarzen Gürtel, öffnet die Tür. »Ich habe meinen Wagen unauffällig unten geparkt. Ist das in Ordnung mit der Treppe? Wo kann ich Sie hinbringen?«

»Zum *Boston Globe*«, erwidert Lamont.

Jimmy Barbers Keller ist verstaubt und schimmelig. Lediglich eine schwache Glühbirne beleuchtet mindestens hundert bis unter die Decke gestapelte Pappkartons, einige beschriftet, die meisten nicht.

In den vergangenen vier Stunden hat Sykes Kisten unterschiedlichsten Inhalts hin- und hergeschoben: alte Kassettenrecorder, massenweise Kassetten, Blumentöpfe, Angelausrüstung, Baseballkappen, eine altmodische schusssichere Weste, Softball-Pokale, dazu Tausende von Fotos, Briefen und Zeitschriften, Akten und Notizblöcken mit schrecklicher Klaue. Unmengen von Müll. Detective Barber war schlicht zu faul, seine Erinnerungsstücke zu ordnen. Er packte seinen gesamten Kram in Kisten und hob wirklich alles auf, abgesehen vielleicht vom Einwickelpapier seiner Hamburger und vom Inhalt des Mülleimers.

Sykes hat schon unzählige Fälle entdeckt, die er offenbar für bewahrenswert hielt: ein Flüchtiger, der sich im Schornstein versteckte und nicht mehr herauskam, ein tödlicher Angriff mit einem Bowlingkegel, ein Mann, der in einem Eisenbett vom Blitz getroffen wurde, eine Betrunkene, die mitten auf der Straße zum Pinkeln anhielt, keinen Gang einlegte und von ihrem eigenen Wagen überfahren wurde. Zahllose Fälle, die Barber nach seiner Pensionierung nicht mit nach Hause hätte nehmen dürfen, als wären sie sein Privatvergnügen. Aber KPD893–85 hat Sykes noch nicht gefunden, auch nicht in einer Kiste aus dem Jahr 1985, die viele Unterlagen und Briefe enthielt. Zum dritten Mal schon ruft sie Win auf dem Handy an und hinterlässt eine Nachricht; sie weiß, dass er beschäftigt ist, und nimmt es trotzdem persönlich.

Sie bekommt den Gedanken einfach nicht aus dem Kopf, dass er augenblicklich zurückrufen würde, wenn sie ein wirklich wichtiger Mensch wäre, so wie die Staatsanwältin aus Harvard, über die er sich ständig beklagt. Sykes war auf einem kleinen christlichen College in Bristol, Tennessee, und flog im zweiten Jahr raus. Sie hasste die Schule, konnte einfach keinen Sinn darin sehen, Französisch oder Integralrechnung zu lernen und zweimal wöchentlich zur Kirche zu gehen. Sie ist nicht vom selben Kaliber wie Win und die Staatsanwältin und die ganzen anderen Leute da oben im Norden, die zu seinem Leben gehören. Vom Alter her könnte sie seine Mutter sein.

Sie sitzt auf einem umgedrehten Zwanzig-Liter-Eimer aus Plastik und starrt auf Stapel von Pappkartons. Ihr Hals kratzt, ihre Augen jucken, der Rücken tut ihr weh. Für einen Moment ist sie wie erschlagen, nicht nur von der vor ihr liegenden Aufgabe, sondern von allem, so ähnlich wie zu Beginn an der Akademie, als die Klasse gleich am zweiten Tag eine Führung über das berüchtigte Gelände der University of Tennessee bekam, eine Forschungseinrichtung, die als »Leichenhof« bekannt ist: ein Hektar Land mit stinkenden Leichen in jedem nur vorstellbaren Stadium der Verwesung, menschliche Überreste, die auf dem Boden, unter Betonplatten, in Kofferräumen, in Leichensäcken oder ohne Leichensäcke verrotten, manche bekleidet, manche nackt. Tag für Tag laufen Anthropologen und Entomologen herum und machen sich Notizen.

Wie kann man so was nur machen? Ich meine, was für ein Mensch verdient mit etwas so Ekligem sein Geld oder macht darin eine Ausbildung?, fragte sie Win, als sie sich hinhockten und die wimmelnden Maden auf einer teilweise skelettierten Männerleiche betrachteten, deren Haar vom Schädel gerutscht war und wie ein überfahrenes Tier einen Meter weiter lag.

Gewöhn dich besser dran, sagte Win, als würden ihm Gestank und Insekten überhaupt nichts ausmachen, als hätte Sykes keinen blassen Schimmer. *Mit Toten ist nicht angenehm arbeiten, und ein Dankeschön gibt's auch nie. Maden sind gut. Wie kleine Babys. Siehst du?* Er hob eine auf, setzte sie auf seine Fingerspitze, und sie reckte sich hoch wie ein tanzendes Reiskorn. *Kleine Spitzel. Unsere Freunde. Verraten uns den Todeszeitpunkt und eine ganze Menge mehr.*

Ich kann Maden trotzdem eklig finden, gab Sykes zurück. *Und du brauchst nicht so zu tun, als ob ich das letzte Landei bin.*

Sykes erhebt sich vom Plastikeimer, inspiziert die Kisten und fragt sich, in welcher noch mehr alte Akten sind, die Detective Barber mit in Pension nahm. Dieses schwachsinnige Erbsenhirn! Sykes hievt einen Karton aus der vierten Etage, ächzt unter seinem Gewicht, hofft, sich nicht zu verheben. Die meisten Kartons sind offen, wahrscheinlich weil der Alte keine Lust hatte, sie wieder zuzukleben, nachdem er jahrelang immer wieder reingeschaut hatte. Sykes wühlt durch Kreditkartenabrechnungen, durch Telefon- und Stromrechnungen, die bis Mitte der achtziger Jahre zurückreichen. Eigentlich sucht sie etwas anderes, aber irgendwie üben solche Rechnungen einen Reiz auf sie aus. Oft verraten sie einem mehr über einen Menschen als Geständnisse und Zeugenaussagen. Obwohl es zu nichts führt, stellt sich Sykes den 8. August vor zwanzig Jahren vor, den Tag, an dem Vivian Finlay ermordet wurde.

Sie stellt sich vor, wie Detective Barber zur Arbeit ging, wahrscheinlich wie an jedem Tag, und wie er dann zu Mrs. Finlays teurem Haus am Fluss in Sequoyah Hills gerufen wurde. Sykes versucht sich zu erinnern, wo sie im August vor zwanzig Jahren war. Genau, da lief gerade ihre Scheidung. Vor zwanzig Jahren war sie Einsatzbearbeiterin bei der Polizei von Nashville, und ihr Mann arbeitete bei einer Plattenfirma, wo er sich jungen weiblichen Talenten auf eine etwas andere Weise näherte, als Sykes für angemessen hielt.

Sie holt Akten aus der Kiste, auf die eilig der Monat gekritzelt wurde, und setzt sich mit Kreditkartenabrechnungen, Strom- und Telefonrechnungen wieder auf den Plastikeimer. Die Anschrift auf den Briefumschlägen ist die des Hauses, in dessen Keller sie sitzt. Sykes überfliegt MasterCard-Abbuchungen, die vermuten lassen, dass Barber damals allein lebte; die meisten Belastungen stammen von Geschäften wie Baumärkten, Wal-Mart, einem Spirituosengeschäft, einer Sportkneipe. Sykes stellt fest, dass Barber in der ersten Hälfte des Jahres 1985 nur sehr wenig Ferngespräche führte, in manchen Monaten höchstens zwei oder drei. Im August änderte sich das schlagartig.

Sykes leuchtet mit der Taschenlampe auf eine Telefonrechnung und ruft sich in Erinnerung, dass Handys vor zwanzig Jahren klobige Geräte waren, die aussahen wie Geigerzähler. Niemand benutzte sie. Auch die Polizei nicht. Wenn man nicht am Platz war und telefonieren musste, bat man die Leitstelle, das zu erledigen und die Information über Funk durchzugeben. Wenn man eine vertrauliche oder komplizierte Information benötigte, kehrte man zurück aufs Revier, und wenn man unterwegs war, telefonierte man auf Kosten der Dienststelle und musste anschließend einen Erstattungsantrag stellen.

Auf gar keinen Fall führten Polizisten berufliche Telefonate von zu Hause aus und zahlten sie auch noch selbst, doch ab dem 8. August abends, als Mrs. Finlay tot im Kühlfach des Leichenschauhauses lag, tätigte Barber Anrufe von seinem Privatanschluss, sieben allein zwischen fünf Uhr nachmittags und zwölf Uhr nachts.

7. Kapitel

Wins Wohnung liegt im dritten Stock eines Gebäudes aus Ziegelstein und Sandstein, das Mitte des neunzehnten Jahrhunderts eine Schule war. Ironie des Schicksals, dass jemand, der so große Schwierigkeiten hatte, in Schulen aufgenommen zu werden, jetzt in einer lebt.

Es war nicht so geplant. Als er bei der Massachusetts State Police anfing, war er zweiundzwanzig Jahre alt und besaß nichts außer einem zehn Jahre alten Jeep, Secondhandklamotten und fünfhundert Dollar, die Nana als Geschenk zum Collegeabschluss für ihn zusammengekratzt hatte. Eine erschwingliche Wohnung in Cambridge zu finden war unmöglich, doch irgendwann stieß Win auf das alte Schulgebäude in der Orchard Street, das seit Jahren leer stand und zu Eigentumswohnungen umgebaut werden sollte. Es war noch nicht bewohnbar; Win traf eine Vereinbarung mit dem Besitzer Farouk: Wenn die Miete moderat sein würde und Farouk verspräche, sie jährlich um höchstens drei Prozent zu erhöhen, würde Win dort während des langwierigen Umbaus wohnen, für Sicherheit sorgen und alles beaufsichtigen.

Inzwischen reicht seine Gegenwart als Polizeibeamter. Er muss nichts mehr beaufsichtigen, und Farouk lässt ihn seinen Hummer H2 (bei einem Drogendealer beschlagnahmt und auf einer Auktion für einen Appel und ein Ei ersteigert), seine Harley-Davidson Road King (Leasingrückläufer, leicht gebraucht) und seinen Zivilstreifenwagen auf einer gepflasterten Ecke im Hof parken. Kein anderer Mieter hat einen Parkplatz, die anderen müssen sich auf der schmalen Straße streiten, bekommen Beulen und Kratzer.

Win schließt die Hintertür auf und steigt drei Treppen hoch zu einem Gang mit Türen, hinter denen einst Klassenzimmer waren.

Er wohnt am Ende des Gangs, Nummer 31. Er öffnet die schwere Eichentür und betritt sein kleines Reich mit den alten Ziegelsteinwänden, an denen noch Tafeln hängen, mit dem Tannenholzboden, der Vertäfelung und der gewölbten Decke. Wins Möbel sind nicht antik, er besitzt eine braune Ledercouch von Ralph Lauren (secondhand), einen Sessel und einen Orientteppich (eBay) sowie einen Couchtisch von Thomas Moser (Ausstellungsstück, leicht beschädigt). Er sieht sich um, lauscht, alle Sinne angespannt. Die Luft wirkt abgestanden und kühl, das Wohnzimmer einsam, Win holt eine Taschenlampe aus der Schublade, lässt das Licht über den Holzboden, die Möbel, das Fenster gleiten, sucht Fußabdrücke oder Fingerspuren im Staub oder auf glatten Oberflächen. Er hat keine Alarmanlage, kann sich nur die von Nana leisten. Egal, er hat seine eigene Art, mit Einbrechern klarzukommen.

Im Mantelschrank neben der Eingangstür befindet sich ein Safe in der Wand. Win öffnet ihn, holt seine Smith & Wesson, Kaliber .357, Modell 340, hervor. Sie hat keinen beziehungsweise einen innenliegenden Hahn, der sich nicht in der Kleidung verfangen kann. Die Waffe ist aus Titan mit einer Aluminiumlegierung und so leicht, dass man sie für ein Spielzeug halten könnte. Win schiebt sie in die Tasche und geht in die Küche, macht sich einen Becher Kaffee, sieht die Post durch, die Farouk auf der Küchentheke gestapelt hat, hauptsächlich Zeitschriften, blättert durch das Magazin *Forbes*. Der Kaffee läuft durch die Maschine, Win überfliegt einen Artikel über schnelle Sportwagen, den neuen Porsche 911, den neuen Mercedes SLK55, den Maserati Spyder.

Er geht ins Schlafzimmer, dort sind ebenfalls Ziegelsteinwände und eine Tafel (um seine Eroberungen festzuhalten, sagt er manchmal den Frauen, die er mit nach Hause nimmt, und zwinkert dann, kleiner Scherz). Win setzt sich aufs Bett, trinkt einen Schluck Kaffee, überlegt. Ihm fallen die Augen zu.

Sykes ärgert sich, nicht an eine Flasche Wasser und etwas zu essen gedacht zu haben. Ihr Mund ist trocken, schmeckt nach Staub. Ihr Blutzuckerspiegel fällt.

Schon mehrmals hat sie überlegt, nach oben zu gehen und die Witwe von Detective Jimmy Barber um eine Geste der Gastfreundschaft zu bitten, aber als sie sich schließlich hochwagte und fragte, ob sie das Bad benutzen dürfe, saß Mrs. Barber, die eigentlich schlafen wollte, am Küchentisch, trank Wodka pur und war so unfreundlich wie ein Stinktier.

»Da!« Sturzbetrunken wies sie mit dem Kopf Richtung Badezimmer. »Machen Sie Ihren Kram, und lassen Sie mich in Ruhe! Ich hab das alles satt, hab meinen Teil getan.«

Allein im Keller, studiert Sykes müde Barbers eindrucksvolle Telefonrechnungen, versucht sich zu erklären, warum so viele Anrufe auf seine Kosten gingen. Fünf haben die Vorwahl 919, immer dieselbe Nummer. Sykes wählt sie, erreicht den Anrufbeantworter des Amtsarztes von North Carolina. Eine Stimme fragt, ob sie einen Fall melden wolle.

»Nein. Ähm, tut mir Leid«, sagt sie. »Hab mich wohl verwählt.« Legt auf.

Sykes stellt fest, dass mindestens ein Dutzend Anrufe, die Barber in den Tagen nach dem Mord an Vivian Finlay von zu Hause tätigte, die Vorwahl 704 haben. Die alte Vorwahl für das westliche North Carolina. Auch diese Nummer probiert sie, ersetzt allerdings die 704 durch die jetzt gültige 828.

»Hallo?«, meldet sich eine schläfrige Männerstimme.

Sykes schaut auf die Uhr. Kurz vor sieben Uhr morgens.

»Tut mir wirklich Leid, dass ich Sie so früh störe. Aber könnten Sie mir vielleicht sagen, seit wann Sie diese Telefonnummer haben?«

Der Mann legt auf. Keine gute Frage. Sykes versucht es erneut und sagt schnell: »Sir, ich versichere Ihnen, dies ist kein Spaß! Ich bin vom Tennessee Bureau of Investigation. Ich bin in einem Fall, den ich untersuche, auf Ihre Nummer gestoßen.«

»Du lieber Gott!«, sagt er. »Das kann doch nicht wahr sein!«

»Doch, Sir. Das ist mein völliger Ernst. Der Fall ist zwanzig Jahre alt.«

»Lieber Himmel«, erwidert er. »Sie meinen bestimmt meine Tante.«

»Wie hieß sie denn?«, fragt Sykes.

»Vivian Finlay. Dies war ihre Nummer. Wir haben damals keine neue beantragt.«

»Das heißt, dass sie noch ein anderes Haus besaß als das in Knoxville?«

»Ja, hier in Flat Rock. Ich bin ihr Neffe.«

Vorsichtig fragt Sykes: »Können Sie sich an Jimmy Barber erinnern, den Polizeibeamten, der mit dem Tod Ihrer Tante befasst war?«

Im Hintergrund eine Frauenstimme. »George? Wer ist da?«

»Schon gut, Liebling«, antwortet er, und an Sykes gewandt: »Das war meine Frau.« Er ruft zur Seite: »Nur eine Minute, Kim.« Wieder zu Sykes: »Ja, ich weiß noch, dass er sich sehr bemüht hat. Vielleicht zu sehr. Er wollte damals keinen anderen dranlassen, und ein bisschen gebe ich ihm auch die Schuld, dass die Sache nie aufgeklärt wurde. Sie können sich das sicher vorstellen: Er meinte, es wäre der größte Fall seiner Laufbahn, gab keine Informationen weiter, arbeitete für sich. So was kennen Sie bestimmt.«

»Leider ja.«

»Wenn ich mich recht erinnere, war er damals überzeugt,

irgendeiner Sache auf der Spur zu sein, angeblich einer ganz heißen Sache, nur sagte er leider keinem, was er damit meinte. Ich nehme an, niemand wusste näher Bescheid. Das ist wahrscheinlich auch einer der Gründe, warum der Fall nie geklärt wurde. Da bin ich mir ziemlich sicher.«

Sykes denkt an die Anrufe, die von Barbers Telefon aus geführt wurden. Vielleicht ist das die Erklärung. Barber war ein Eigenbrötler, wollte nicht, dass die Leitstelle oder seine Kollegen Wind von der Spur bekamen, die er verfolgte. Vielleicht wollte Barber den Fall selbständig lösen und sich den Ruhm mit niemandem teilen. Kommt Sykes nur allzu bekannt vor.

»Liebes«, versucht George nun wieder seine Frau zu beruhigen. »Mach uns doch einen Kaffee. Ist alles in Ordnung.« Und zu Sykes: »Für Kim war es am schwersten, meine Tante war wie eine Mutter für sie. Ach, Gott, dass das alles noch mal hochkommen muss!« Er seufzt erneut.

Sykes will noch einiges wissen. Als seine Tante ermordet wurde, war George Anfang vierzig, der Sohn ihres einzigen Bruders Edmund Finlay. Sykes überlegt laut, warum George und seine Tante denselben Nachnamen haben, und er erklärt, dass sie ziemlich selbstbewusst und stolz auf ihren feinen Familiennamen gewesen sei und ihn bei der Heirat nicht aufgeben wollte. George ist ein Einzelkind. Mit seiner Frau Kim hat er zwei erwachsene Kinder, die im Westen leben. Das Ehepaar verbringt seine gesamte Zeit in Flat Rock, verließ Tennessee kurz nach dem Tod der Tante für immer, hielt es dort einfach nicht mehr aus; die Erinnerungen taten zu weh. Besonders Kim litt darunter, hatte fast einen Nervenzusammenbruch.

Sykes kündigt an, sich nochmals bei Finlay zu melden, oder wahrscheinlich werde das ein Ermittler namens Winston Garano tun. George klingt nicht besonders begeistert, als er das hört.

»Es tut einfach sehr weh, dies alles wieder auszugraben«, erklärt er. »Darf ich fragen, warum das nach so vielen Jahren notwendig ist?«

»Wir überprüfen nur ein paar Angaben. Wir wären Ihnen dankbar für Ihre Mithilfe.«

»Aber sicher. Was immer ich tun kann.«

Der würde lieber an Dreck ersticken, als zu helfen, denkt Sykes. Wenn der hilflose Zorn verraucht und das Schreckliche verblasst ist, kümmert es die meisten Menschen nicht mehr, ob der Gerechtigkeit Genüge getan wird. Sie wollen nur noch vergessen.

»Zu dumm«, murmelt Sykes, allein in Barbers düsterem, erbärmlichem Keller. *Ist ja nicht gerade so, als ob mir das einen Riesenspaß machen würde.*

Sie überlegt und grübelt, hockt auf dem Plastikeimer wie Rodins Denker, beschließt, weitere Rechnungen zu prüfen, findet die MasterCard-Abrechnung für September, zieht etwas aus dem Umschlag, und ihre »Festplatte crasht«, wie sie es nennt.

»Was ist denn das …?«, murmelt sie und starrt auf ein Dokument mit einem Deckblatt, auf das eine Obduktionsnummer gedruckt ist, darunter eine Eingangsnummer, ein Aktenzeichen der Polizei, hastig mit Bleistift hingeschrieben: KPD893–85.

Das Blatt darunter ist eine vom Amtsarzt erstellte Liste der persönlichen Gegenstände von Vivian Finlay, daran geheftet ein Polaroid von verstümmelten Körperteilen eines Mannes, blutig und schmutzig: Füße, Arme und Beine, Gedärme, ein abgetrennter Kopf, alles auf einem mit einer grünen Plane abgedeckten stählernen Obduktionstisch. Auf einem 15 Zentimeter langen Lineal zum Größenvergleich verrät ein Aktenzeichen, dass sich der Todesfall 1983 in North Carolina ereignete.

Win schreckt hoch, weiß zuerst nicht, wo er ist. Er merkt, dass er über zwei Stunden geschlafen hat, in seinen Klamotten. Sein Nacken ist steif, der Kaffee auf dem Nachttisch kalt.

Er sieht seine Anruflisten durch, überspringt die frühen Anrufe von Sykes, als er zu sehr mit Lamont beschäftigt war, um sich um den Finlay-Fall zu kümmern. Sykes hat ihm eine weitere Nachricht hinterlassen: Sie hätte ihm Dateien geschickt, die er sich sofort ansehen müsse. Dann solle er sie anrufen. Wins Computer steht exakt in der Mitte eines Schreibtischs von Stickley (Lagerverkauf), Win setzt sich daran, gibt Sykes' Nummer ein, erreicht sie auf dem Handy.

»Du lieber Himmel!«, schreit sie ihm ins Ohr. »Hab's gerade gehört.«

»Wow«, sagt er. »Hast du ein Festnetz in der Nähe?«

Sie nennt ihm eine Nummer, die Akademie. Er ruft sie dort an.

»Du lieber Himmel!«, ruft sie erneut. »Du bist überall in den Nachrichten. Mein Gott, Win! Was ist passiert?«

»Erzähl ich dir später, Sykes.«

»Du hast 'ne Schießerei gehabt und willst es mir später erzählen? Gut, dass du ihn umgebracht hast. Dieses Schwein! Und sie? Wie soll das gehen? Sie ist die Staatsanwältin! Hier redet keiner mehr von was anderem.«

»Können wir weitermachen, Sykes?«

»Was ich bloß nicht verstehe, ist, was du in ihrem Haus zu suchen hattest, wie du da hingekommen bist. Hat sie dich auf ein Gläschen eingeladen oder was?«

Man muss kein Hellseher sein, um Sykes' Eifersucht zu erkennen. Die schöne, einflussreiche Lamont, umso einschüchternder, als Sykes ihr noch nie begegnet ist. Und jetzt glaubt Sykes auch noch, Win hätte seiner Vorgesetzten das Leben gerettet, redet sich wahrscheinlich ein, dass Lamont ihm auf ewig dankbar sein wird, für ihn ihre Stelle aufgeben, ihn heiraten, Kinder von ihm haben will und sich vor den nächsten Zug wirft, wenn er stirbt.

»Jetzt erzähl, was du gefunden hast! Hast du die Akte?«

»Ich habe die halbe Nacht in Barbers Kellerloch gesessen und alles Mögliche gefunden, nur nicht die Akte.«

Win trinkt einen Schluck kalten Kaffee, geht seine E-Mails durch, findet die Dateien von Sykes, lädt sie runter. Währenddessen berichtet sie atemlos, ohne Luft zu holen, erzählt von der MasterCard und den Telefonrechnungen, von Barbers Reserviertheit, von seiner Jagd nach Ruhm und seiner Geheimniskrämerei, gibt die Aussage von Mrs. Finlays Neffen wieder. Kommt dann auf den Mann zu sprechen, der zwei Jahre vor dem Mord an Finlay in Charlotte eine hässliche Begegnung mit einem Zug hatte.

»Wow, jetzt mal langsam!«, unterbricht Win sie und überfliegt ein Dokument auf dem Bildschirm. »Was hat denn der Zugunfall mit dem Rest zu tun?«

»Sag du's mir! Siehst du das Foto?«

»Ja.« Win betrachtet die Abbildung auf dem Monitor, keine sehr gute Qualität, ein Polaroid, das grob abgetrennte Glieder und Fleischstücke neben einem verstümmelten Rumpf und einem separaten Kopf zeigt, alles sieht aus wie voll schwarzer Schmiere und Dreck. Ein Weißer. Schwarzes Haar. Wirkt ziemlich jung, soweit Win das beurteilen kann. »Hast du das beim Amtsarzt überprüft?«

»Hör mal, ich wusste nicht, dass das mein Fall ist.«

Wins Handy klingelt. Er geht nicht ran, drückt den Anruf weg.

»Hey«, sagt Win zu Sykes. »Hört sich an, als wärst du sauer auf mich.«

»Ich bin nicht sauer«, entgegnet Sykes wütend.

»Gut. Es sind nämlich schon genug Leute sauer auf mich, das kann ich von dir nicht auch noch gebrauchen.«

»Wer denn?«

»Zuerst mal sie.«

»Nach allem, was du für sie getan hast …?«

»Eben. Hab ich dir schon versucht zu erklären. Die Frau ist hart am Limit, völlig irre, Bonnie ohne Clyde. Die braucht keinen Clyde. Bildet sich ein, alle Männer sind gleich. Hasst alle Clydes.«

»Du meinst, Lamont mag keine Männer?«

»Wenn sie überhaupt jemanden mag …«

»Hör mal, du könntest dich wenigstens mal bei mir bedanken.« Sykes bemüht sich, empört zu klingen. »Ich war die ganze Nacht auf und hab für dich diesen Mist durchgewühlt, in fünf Minuten fängt der Unterricht an, und wo sitze ich? Hier im Scheiß-Medienraum und schicke dir E-Mails, versuche Leute zu erreichen, werde ständig ausgeschimpft. Ich guck mir den Fall später noch mal an, wenn ich nach Raleigh fliege, zum Amtsarzt in Chapel Hill.«

»Wer hat dich ausgeschimpft?« Win muss grinsen. Wenn Sykes sich aufregt, klingt sie wie ein kleines Kind, so pur nach Südstaaten wie Pekannusskuchen.

»So 'n verdammter Cop aus Charlotte. Und von wem kriege ich das Geld für das Flugticket zurück, wenn ich mal fragen darf?«

»Keine Sorge. Ich kümmer mich drum«, sagt Win, scrollt das nächste Dokument hinunter, Informationen aus Detective Barbers Keller. Er wundert sich über die amtsärztliche Auflistung persönlicher Gegenstände einer Leiche aus dem Schauhaus. »Was hatte denn der *verdammte Cop aus Charlotte* zu dem Zugunfall zu sagen?«

Ein weißes Rüschenhöschen aus Baumwolle, liest Win auf der Liste.

Ein weißer Tennisrock von Izod mit passendem Oberteil, blutverschmiert …

Wieder klingelt Wins Handy. Er ignoriert es.

»Dieser dämliche Wichser«, tobt Sykes weiter. »Er ist jetzt Polizeichef, und du kennst ja das Sprichwort, was immer oben schwimmt.«

Win zoomt auf eine Nummer, die mit Bleistift in die rechte obere Ecke der Liste geschrieben ist:

KPD893–85

»Sykes?«

»Ich müsste eine schriftliche Anfrage stellen, wenn ich eine Kopie der Akte haben will, die inzwischen wohl auf Mikrofilm ist«, sagt Sykes. »Aber er würde nicht verstehen, warum uns das auf einmal interessiert, da wäre doch nichts dran ...«

»Sykes? KPD893–85, Vivian Finlay! Die trug Tennissachen, als sie ermordet wurde?«

»Das soll er mal dem Typ erzählen, der von dem Güterzug zerfetzt wurde! *Da wär nichts dran* – dass ich nicht lache!«

»Sykes! Ist das die Liste der persönlichen Gegenstände von Vivian Finlay, die sie bei sich hatte, als sie ins Leichenschauhaus kam?«

»Das ist auch so eine komische Sache: Mehr konnte ich von ihrer Akte nicht auftreiben. Wo, bitte schön, ist der Rest?«

»Diese blutigen Tennissachen sind alles, was seit zwanzig Jahren in der Asservatenkammer in Knoxville liegt und jetzt in Kalifornien auf DNA getestet wird?«

Der Obduktionsbericht, den Lamont Win gegeben hat, beschreibt eine zierliche dreiundsiebzigjährige Dame.

»Bist du sicher, Sykes, dass das Formblatt mit den persönlichen Gegenständen zu dieser Akte gehört?«, fragt Win.

»Das ist auf jeden Fall das Aktenzeichen von Finlay. Ich habe mir jeden Fitzel in jedem Scheißkarton angeguckt, und die ganze Zeit hat diese Asi-Schlampe oben in der Küche Krach gemacht und ist rumgetrampelt, damit ich auch ja merke, dass sie mich aus dem Haus haben will. Mehr war da nicht.«

Wieder schaut Win auf die Liste und entdeckt etwas, das ihm sofort hätte auffallen müssen.

»Ihr Neffe sagt, er würde gern mit uns reden«, erklärt Sykes. »Na ja, nicht gerade gern, aber trotzdem.«

»Größe 38«, sagt Win. Es klopft an seiner Tür. »Die Tennissachen sind in 38. Eine ein Meter fünfzig große Frau von vierzig Kilo trägt keine 38. Was ist?«, ruft er, als das Klopfen lauter wird.

»Muss aufhören«, sagt er zu Sykes, steht auf und geht ins Wohnzimmer; es klopft erneut.

Win schaut durchs Guckloch, sieht Sammys rotes, unglückliches Gesicht, öffnet die Tür.

»Seit einer Stunde versuch ich schon, dich zu erreichen!«, schimpft Sammy.

»Woher weißt du, dass ich hier bin?«, fragt Win verwirrt. Wild rasen ihm die Gedanken durch den Kopf.

»Ich bin bei der Polizei. Deine Leitung ist besetzt. Die Alte hat mich gerade angeschrien wie eine Furie.«

»Welche Alte?«

»Na, wer wohl? Du sollst sofort kommen. Sie wartet beim *Globe* auf dich.«

»Vergiss es«, sagt Win.

8. Kapitel

Stuart Hamilton, der geschäftsführende Herausgeber, sitzt mit Lamont, einem Journalisten und einem Fotografen in seinem Büro und verhält sich angemessen. Das Büro ist aus Glas. Alle Mitarbeiter sind Zeugen dieses zweifellos noch nie da gewesenen Ereignisses, vielleicht die sensationellste Story in Boston seit der Meisterschaft der Red Sox.

Alle – und es stehen um die hundert Personen hinter der Scheibe – können die stadtbekannte, eindrucksvolle Staatsanwältin Monique Lamont sehen. Erschöpft und ungeschminkt sitzt sie in einem dunklen Trainingsanzug auf dem Sofa, und Hamilton, der Oberbefehlshaber der Zeitungsleute, hört mit ernster Miene zu und nickt von Zeit zu Zeit. Journalisten, Sekretärinnen, Redakteure werfen vorsichtige Blicke herüber. Lamont weiß, dass sie beobachtet wird, dass über sie gesprochen wird, dass Blicke gewechselt werden, E-Mails von Computer zu Computer flitzen. Genau das will sie. Das Interview wird auf Seite 1 gedruckt werden, ganz oben. Es wird durchs Internet rasen und auf der ganzen Welt in Zeitungen und auf Nachrichtensites zu lesen sein. Im Fernsehen, im Radio wird man darüber sprechen.

Fahr zur Hölle, Crawley!

»Weil ich keine Wahl habe«, sagt sie auf der Couch. Sie hat die Schuhe abgestreift, die Beine übereinander geschlagen, als trinke sie mit alten Freunden Kaffee. »Das schulde ich den Frauen einfach.« Sie verbessert sich. »Das schulde ich allen Männern, Frauen und Kindern, allen Opfern.«

Vorsicht! Behaupte nicht, dass sexuelle Gewalt allein gegen Frauen gerichtet ist. Sprich nicht von dir selbst als Opfer.

»Wenn sexuelle Gewalt – Pädophilie, Vergewaltigung, und nicht nur Frauen werden vergewaltigt – nicht länger stigmatisiert werden soll«, fährt sie fort, »müssen wir offen darüber reden. Wir müssen sie in den Kontext von Gewalt stellen, nicht in den Kontext von Sexualität.«

»Sie wollen sexuelle Gewalt also gleichzeitig entsexualisieren und entmythisieren«, sagt der Interviewer, Pascal Plasser-Irgendwas, Lamont kann sich seinen Namen nicht merken.

Beim letzten gemeinsamen Interview war er einigermaßen fair, relativ aufrichtig, wenn auch nicht besonders pfiffig, deshalb hat Lamont nach ihm verlangt, als sie unangemeldet bei der Zeitung aufkreuzte und Hamilton anbot, sie würde freimütig über ihr Erlebnis sprechen, wenn er ihr die breite Öffentlichkeit garantierte, die ein Exklusivgespräch dieser Tragweite verdient.

»Nein«, widerspricht sie. »Das will ich überhaupt nicht.«

Sie fragt sich, wo Win bleibt, und ihr Zorn flackert auf. Angst liegt ihr wie Blei im Magen.

»Ich kann nicht entsexualisieren, was mir passiert ist«, erklärt sie. »Es war eindeutig ein Sexualverbrechen. Sexuelle Gewalt, die den höchsten Preis hätte fordern können: mein Leben.«

»Es ist unheimlich mutig, was Sie hier tun«, sagt Hamilton mit feierlicher Trauermiene, wie ein Bestattungsunternehmer. »Aber ich muss Ihnen auch sagen, dass einige Ihrer Kritiker darin einen politischen Schachzug sehen werden. Gouverneur Crawley beispielsweise …«

»Einen *Schachzug*?« Lamont beugt sich vor und sieht Hamilton in die Augen. »Mir hält jemand eine Pistole an den Kopf, fesselt mich, vergewaltigt mich, will mich umbringen und mein Haus anzünden, und das soll ein *Schachzug* sein?«

»Es ist vorstellbar, dass es gedeutet wird als …«

»Mr. Hamilton«, unterbricht sie ihn, und ihr Eifer, ihre Selbstbeherrschung sind bemerkenswert. »Bitte, das soll mir jemand ins Gesicht sagen! Den werde ich zur Rede stellen. Dagegen werde ich mich wehren.«

Sie weiß selbst nicht genau, wie sie so gelassen bleiben kann; ein Teil von ihr hat Angst, dass es nicht normal ist, sich derart zusammenzureißen, dass es möglicherweise die tödliche Stille vor dem Sturm ist, der Moment der geistigen Klarheit vor dem Selbstmord oder der Zwangsjacke.

»Warum fordern Sie Ihre Gegner auf, Ihnen das ins Gesicht zu sagen?«, fragt Pascal Dingsda, notiert sich etwas, blättert um.

»Jeder Einzelne«, sagt Lamont drohend, »jeder, der so etwas sagt oder behauptet, offenbart nur seinen wahren Charakter. Gut. Soll er.«

»Er?«

»Sie oder er, jeder.«

Sie schaut zur Glasscheibe hinüber, inspiziert den großen, kahlen, in Arbeitsplätze unterteilten Raum, Journalisten in ihren Nischen, Ratten, die vom Abfall und von den Schicksalen anderer leben. Sie hält Ausschau nach Win, wartet darauf, dass er mit seiner eindrucksvollen Präsenz plötzlich den Raum erfüllt und auf sie zukommt. Aber von ihm ist nichts zu sehen, ihre Hoffnung beginnt zu schwinden. Wut lodert auf.

Er hat sich ihrer Anordnung widersetzt. Er hat sie erniedrigt, herabgesetzt, sie seine Frauenverachtung spüren lassen.

»Ihr neuer Wahlkampfslogan – er wurde ja erst heute Morgen in dieser Zeitung veröffentlicht – lautet *Any crime, any time*«, sagt Hamilton. »Wie stehen Sie nun dazu? Und wird *At Risk*, diese neue Initiative, alte Fälle wieder aufzurollen, dieser Mord in Tennessee, wird das alles jetzt ein wenig in den Hintergrund treten?«

Win kommt nicht. Dafür wird er büßen.

»Wenn sich überhaupt etwas ändert, dann bin ich nur noch stärker motiviert und entschlossen, jedem grausamen Verbrechen Gerechtigkeit widerfahren zu lassen, egal, wie lange es her ist«, entgegnet Lamont. »Ich habe den Ermittler Garano vom Präsidium Middlesex County mit der Umsetzung dieser Initiative beauftragt, obwohl er beurlaubt ist.«

»Beurlaubt? Es stellt sich also doch die Frage, ob der tödliche Schuss auf Roger Baptista gerechtfertigt war?« Pascal wird plötzlich hellhörig, aufmerksamer, als er während Lamonts mutigem, schmerzhaftem Bericht gewesen ist.

»Immer wenn Gewalt angewendet wird, ungeachtet der augenscheinlichen Umstände«, Lamont betont das Wort *augenscheinlich,* »muss der Vorfall gründlichst untersucht werden.«

»Wollen Sie damit sagen, dass die Gewalt eventuell unangemessen war?«

»Das möchte ich jetzt nicht weiter kommentieren«, entgegnet sie.

Mit schlechtem Gewissen betritt Win das Kriminallabor der State Police. Er hat einen verschlossenen Umschlag in der Hand. Es ist unfair gegenüber den Kollegen, den kurzen Dienstweg zu nehmen und Anweisungen zu missachten, um Beweismittel unverzüglich untersuchen zu lassen.

Allerdings plagen ihn keinerlei Selbstzweifel, nicht zum *Globe* gefahren zu sein und Lamonts skrupellose politische Ambitionen nicht zu unterstützen, ein unangemessenes, überzogenes Verhalten zu fördern, das er für selbstzerstörerisch hält. Sammy sagt, dass ihr Exklusivinterview bereits im Internet, im Fernsehen und im Radio besprochen wird; die Öffentlichkeit ist ganz erpicht darauf, ihr sensationslüsternes, armseliges Interview zu lesen. Win ist zu dem Schluss gekommen, dass sie grob fahrlässig und irrational handelt – was nicht gut ist, wenn man diese Person zur Vorgesetzten hat.

Der moderne Ziegelsteinbau mit seiner schweren Stahltür ist eine Oase für Win. Hierhin geht er, wenn er sich bei Captain Jessie Huber aussprechen will, wenn er Fälle diskutieren, sich beschweren, etwas loswerden will, wenn er einen Rat braucht oder einen Gefallen. Win durchmisst den Eingangsbereich mit den grünen und blauen Glasbausteinen, geht einen langen Gang hinunter und tritt durch die vertraute offene Tür. Im Zimmer sitzt sein Freund und Mentor, schick wie immer in einem konservativen schwarzen Anzug mit grauer Seidenkrawatte, wie immer den Telefonhörer am Ohr. Huber ist groß und schlank, sein Kopf kahl wie eine Billardkugel. Frauen finden ihn attraktiv, vielleicht weil er einschüchternd ist und gut zuhören kann. Bis vor drei Jahren war er leitender Ermittler in Wins Einheit, dann wurde er Chef des Labors.

Als er Win sieht, legt er auf und springt vom Schreibtisch hoch. »Mein Gott, Win!«, ruft er und umarmt ihn, so wie es Männer tun, mehr ein Schulterklopfen. »Komm, setz dich! Ich kann's nicht glauben. Erzähl mal, was überhaupt passiert ist!« Huber schließt die Tür, rückt einen Stuhl heran. »Ich hab dich nach Tennessee geschickt, zur besten forensischen Ausbildung, die es überhaupt gibt, ganz nach deinem Geschmack. Und was machst du? Wieso bist du hier, und in was hast du dich da reingeritten?«

»Du hast mich nach Knoxville geschickt?« Verwirrt nimmt Win Platz. »Ich dachte, das wäre Lamont gewesen. Ich dachte, es wäre auf ihrem Mist gewachsen, mich zur Akademie zu schicken. Damit ich an Ort und Stelle bin, um so einen Provinzfall zu bearbeiten, der uns Großstädter hier oben in ein gutes Licht stellt.«

Huber schweigt, als überlege er sich seinen nächsten Satz.

»Du hast gerade jemanden getötet, Win. Lass uns jetzt nicht über Politik reden!«

»Die Politik war doch schuld daran! Nur deshalb musste ich doch hierher fliegen und mit ihr zu Abend essen, Jessie.«

»Verstehe.«

»Na, wenigstens einer.«

»Du bist sauer.«

»Ich werde benutzt. Ich habe nichts in der Hand, nicht mal die verfluchte Akte.«

»Sieht so aus, als ob wir derselben Meinung über diese dämliche Initiative sind, die sie uns aufgebrummt hat«, sagt Huber.

»Ich dachte, es wäre eine Initiative vom Gouverneur, sie müsste sie nur ausführen. So wurde mir das erklärt …«

»Ja und nein«, unterbricht Huber ihn, beugt sich vor, senkt die Stimme. »Hier geht's doch nur um diese Frau. Sie hat sich das Ganze ausgedacht, es Crawley vorgeschlagen und ihm eingeredet, wie gut das für Massachusetts und ihn sein würde. Sicher, sie bekommt die besten Leute, aber ihm gehört die Mannschaft, verstehst du? Ist nicht schwer, einen Gouverneur, insbesondere Crawley, von so was zu überzeugen. Du weißt ja, wie wenig Ahnung solche Leute manchmal von den genauen Vorgängen haben. Was soll das heißen, du kannst die Akte nicht finden?«

»Was ich gesagt habe. Die Polizeiakte zum Fall Finlay – nicht aufzutreiben. Verschollen im Weltraum.«

Huber verzieht angewidert das Gesicht, verdreht fast die Augen. »Mensch, man sollte doch annehmen, dass sie sich die Akte zuschicken lässt, oder?«, murmelt er. Er greift zum Hörer, wählt eine Nummer, schaut zu Win hoch: »Bevor sie dich in die Sache reinzieht.«

»Sie meint …«, setzt Win an.

»Hallo«, sagt Huber zu der Person, die sich am anderen Ende meldet. »Win Garano sitzt hier vor mir. Die Akte vom

Finlay-Fall, hast du die mal gesehen?« Pause, Huber schaut Win an und sagt: »Wundert mich nicht. Danke.« Er legt auf.

»Was?«, fragt Win und bekommt ein komisches Gefühl im Bauch.

»Toby sagt, die sei vor ein paar Wochen gekommen, er hätte sie Lamont auf den Schreibtisch gelegt.«

»Angeblich hat sie sie nie gesehen. Knoxville angeblich auch nicht. Kannst du mir Tobys Nummer geben?«

Hat Lamont gelogen? Hat sie die Akte verloren? Hat jemand sie genommen, bevor Lamont sie zu Gesicht bekam?

»Politik, mein Junge«, sagt Huber. »Vielleicht krumme Sachen«, fügt er mit unheilvollem Blick hinzu. Er notiert eine Telefonnummer und reicht sie Win. »Als sie mir von dieser Initiative erzählt hat, hab ich sie in aller Deutlichkeit aufgefordert, Crawley den Mist wieder auszureden. *Any crime, any time.* Mein Gott, was soll das? Wir testen jeden ungelösten Fall seit der Sintflut auf DNA? Dabei haben wir um die fünfhundert Fälle in der Warteschleife. Richtige Fälle mit echten Tätern, die da draußen morden und vergewaltigen.«

»Ich verstehe immer noch nicht ganz, warum du mich nach Knoxville geschickt hast.« Win kommt nicht darüber hinweg, er ist aufgeregt, leicht benommen.

»Ich dachte, ich tu dir einen Gefallen. Macht Spaß und ist super für deinen Lebenslauf.«

»Ich weiß, dass du dich immer um mich gekümmert hast … Ist bloß ein großer Zufall, dass ich gerade in dem Moment da unten bin, wenn hier …«

»Pass mal auf! Das ist nur bis zu einem gewissen Punkt Zufall«, sagt Huber. »Lamont wollte unbedingt einen alten Fall haben, der nicht von hier ist. Du warst zufällig in Tennessee, Win, und zufällig wollte sie dich als Ermittler.«

»Und wenn ich nicht in Tennessee gewesen wäre?«

»Dann hätte sie einen anderen alten Fall aus einem anderen

Kaff irgendwo gesucht und dich dahin beordert. Nach dem Motto: Hier kommen die aufgeklärten Neuengländer«, fügt Huber sarkastisch hinzu. »Die Yankees eilen ihren Kollegen mit Harvard und dem MIT zu Hilfe. Und es ist leichter zu vertuschen, nicht? Wenn es in einer unbekannten kleinen Stadt im Süden nicht so gut laufen sollte, hat es hier oben irgendwann jeder vergessen – vielleicht pünktlich zur Wahl. Einen kalten Mord in Massachusetts zu begraben wäre viel schwieriger, verstehst du?«

»Kann schon sein.«

Huber lehnt sich im Stuhl zurück. »Hab gehört, du bist der Star da unten an der Akademie.«

Win antwortet nicht. Gedanken schwirren ihm durch den Kopf. Er schwitzt in seinem Anzug, kalter Schweiß.

»Deine Zukunft, Win: Ich glaube nicht, dass du Lust hast, den Rest deines Lebens für sie zu arbeiten oder Tag und Nacht herumzulaufen und Tötungsdelikte zu bearbeiten, Idioten, die sich gegenseitig umlegen. Vom Geld ganz zu schweigen. Ich hatte es jedenfalls satt. Du brauchst die beste Ausbildung. Förderung. Du hast wirklich was drauf. Ich denke, du wirst mein Nachfolger, wenn ich in Pension gehe, und ich zähle die Tage. Hängt natürlich alles von den Kräfteverhältnissen ab, wer dann Gouverneur ist.« Er macht ein gewichtiges Gesicht. »Kannst du mir folgen?«

Win hört nicht richtig hin. Er schweigt, hat so ein Gefühl wegen Huber. Ein ganz neues.

»Vertraust du mir?«

»Hab ich immer«, entgegnet Win.

»Und jetzt?«, fragt Huber mit ernstem Gesicht.

Win geht nicht drauf ein. »Ich vertraue dir genug, um an meinem Regenerationstag zu dir zu gehen, Jessie. So wird das hier bei uns hinter den sieben Bergen nämlich gehandhabt, wenn wir jemanden im Dienst getötet haben. Wie sieht's aus?«

»Ich bin nicht mehr psychologischer Berater, mein lieber Freund, das weißt du doch.«

»Egal. Weißt du auch. Hiermit erkläre ich dieses Gespräch zu einer offiziellen Sitzung mit dem erfahrenen Vertrauensbeamten meiner Wahl. Falls jemand fragen sollte: Ich habe heute meinen Regenerationstag. Na los, frag mich, wie's mir geht!«

»Erzähl!«

»Ich bedaure, dass die Gewaltanwendung notwendig war«, antwortet Win mechanisch. »Bin deshalb völlig fertig, kann nicht schlafen. Habe alles getan, um den Kerl aufzuhalten, hatte aber keine Wahl. Eine Tragödie. Er war noch ein Kind, hätte vielleicht resozialisiert werden können, zurück in die Gesellschaft.«

Huber sieht Win lange an, dann sagt er: »Ich muss gleich kotzen.«

»Na gut. Ich bin froh, dass er Lamont nicht gekillt hat. Oder mich. Sauer, dass dieses kleine Stück Scheiße ihr das angetan hat, und mir. Froh, dass er tot ist, so kann er mich wenigstens nicht verklagen. Hör mal, kann ich mir mal kurz Rake ausleihen?« Win hält den Umschlag hoch. Auf der Rückseite ist er mit gelbem Klebeband versiegelt, auf das Win seine Initialen geschrieben hat. »Könnte ich vielleicht an diesem Brief ihre ESDA-Zauberkiste oder das tolle Image-Enhancement oder beides ausprobieren? Da fällt mir ein: Waren irgendwelche Spuren an dem Geld, den tausend Dollar in Baptistas Tasche?«

»Hab sie schon durch IAFIS laufen lassen – keine Fingerabdrücke, nichts.« Huber steht auf, geht hinter seinen Schreibtisch, setzt sich in den Drehstuhl.

»Was meinst du?«, fragt Win. »Schief gelaufener Einbruch, oder was?«

Huber zögert. »Feinde? Lange Liste, Win. Ich glaube, inzwischen siehst du selbst die traurige Wahrheit. Ich wäre sehr vorsichtig, was du ihr erzählst, was du sie fragst. Sehr, sehr vorsichtig. Ist 'ne Schande. Eine richtige Schande, denn weißt du was? Am Anfang war sie nicht so, da war sie ein richtiger Hammer, hat 'ne Menge Drecksäcke eingebuchtet, ich hatte Respekt vor ihr. Sagen wir mal so: Das Wort ›Moral‹ gehört wahrscheinlich nicht mehr zu ihrem aktiven Wortschatz.«

»Ich dachte, ihr beide würdet euch gut verstehen. Sie tut dir doch den Gefallen mit deinem Sohn.«

»Klar verstehen wir uns.« Huber lächelt wehmütig. »In diesem Geschäft darfst du keinen wissen lassen, was du wirklich von ihm denkst. Sie weiß nicht, was Toby wirklich von ihr hält.«

»Oder du?«

»Sie ist inkompetent und findet immer einen Sündenbock, zum Beispiel Toby. Von Mann zu Mann, Geronimo? Sie ist auf dem absteigenden Ast«, sagt Huber. »Wirklich traurig.«

9. Kapitel

Der rechtsmedizinische Pathologe, der die Obduktion des Zugunfallopfers vornahm, starb eine Woche später an einem Sonntagnachmittag beim Fallschirmspringen, weil sich sein Schirm nicht öffnete.

Wenn Sykes nicht die Originalakte vor sich gehabt hätte, sie hätte es nicht geglaubt. Schlechtes Karma, denkt sie voller Unbehagen. Als Kind war sie fasziniert von Archäologie, eines der wenigen Themen, die sie interessierten, vielleicht weil es nicht in der Schule unterrichtet wurde. Aber als sie von Tutenchamuns Grabstätte erfuhr, von dem Fluch und den mysteriösen Todesfällen, verlor sie das Interesse.

»Vor zwanzig Jahren stirbt Mrs. Finlay«, berichtet Sykes Win am Telefon. »Zwei Jahre davor der Zugunfall, dann der tote Pathologe. Ich glaube, ich leide an Verfolgungswahn.«

»Kann Zufall sein«, gibt er zurück.

»Warum war dann das Bild an die Liste von Finlays persönlichen Gegenständen geheftet?«

»Vielleicht sollten wir das nicht unbedingt am Telefon besprechen«, schlägt Win vor. Er mag keine Handys und bezweifelt, dass sie abhörsicher sind.

Sykes ist allein in einem kleinen Büro im zehnten Stock eines großen beigen Gebäudes hinter der Universitätsklinik Chapel Hill. Sie ist ziemlich verwirrt. Es kommt ihr vor, als würde Vivian Finlays gewaltsamer Tod immer sonderbarer, je länger sie ihn untersucht. Zuerst verschwindet die Akte, und es findet sich lediglich eine Auflistung der Kleider, die sie zum

Zeitpunkt ihres Todes getragen haben soll – Tennissachen. Sie haben aber anscheinend die falsche Größe. Dann gibt es ein Zugunglück, das irgendwie mit Finlays Tod zu tun haben könnte, und jetzt noch der Arzt mit dem Fallschirm.

»Nur ein paar Fragen«, sagt Win. »So wenig Details wie möglich. Wie passierte es?«

»Der Schirm öffnete sich nicht.«

»Dann hätte er untersucht werden müssen.«

»Ich kann dir das alles mailen«, sagt Sykes. »Dann kannst du es selbst lesen. Wann kommst du zurück?«

Sie fühlt sich allein, im Stich gelassen. Er ist da oben mit der Staatsanwältin, macht große Schlagzeilen mit ihr. In Sykes' Augen war Win in eine Schießerei verwickelt, sollte sich möglichst schnell aus dem Staub machen und ihr unten in Tennessee helfen. Es ist sein Fall, auch wenn sich das langsam anders anfühlt. Aber die Tatsache bleibt: Es ist sein Fall. Typisch: Kaum passiert etwas Spektakuläres, wird eine vor zwanzig Jahren ermordete alte Frau fallen gelassen. Wen kümmert's?

»Sobald ich kann« ist alles, was Win dazu sagt.

»Ich weiß ja, dass du da oben dicke Probleme hast«, erwidert Sykes so vernünftig wie möglich. »Aber das ist dein Fall, Win. Und wenn ich nicht mehr zum Unterricht komme, macht mir das TBI die Hölle heiß.«

»Ich kümmere mich drum, versprochen«, beruhigt er sie.

Das verspricht er immer, aber bis jetzt hat er sich einen feuchten Dreck gekümmert. Sykes redet fast ausschließlich mit ihm, übt nicht, hängt abends nicht mit den anderen herum, um zu diskutieren, was sie tagsüber im Unterricht gelernt haben, gerät ins Hintertreffen, versteht die neuesten Entwicklungen in der Rechtsmedizin und der Ermittlungstechnik nicht mehr richtig und hat keine Freunde. Sie beschwert sich darüber, und er sagt, *mach dir keine Sorgen. Du hast doch mich, ich bin ein guter Lehrer.* Sie sagt, *vielleicht sollte ich mich nicht so sehr auf einen Mann konzentrieren, der fast mein Sohn sein könnte,* und er erwidert, das Alter sei ihm egal, nur um dann einer jüngeren Frau nachzusehen oder wieder von dieser Staatsanwältin anzufangen, dieser Lamont, klug und schön, na ja, vielleicht ist sie jetzt beschädigte Ware. Kein netter Gedanke, aber viele Männer wollen keine Frau, die vergewaltigt wurde.

Sykes überfliegt die Akte des Amtsarztes. Er hieß Dr. Hurt, hm, das wäre witzig, wenn es nicht so traurig wäre. Er fiel aus einer geschätzten Höhe von tausend Metern, liest Sykes, schwere Schädeltraumata, Teil des Gehirns abgerissen, Oberschenkelknochen in die Hüfte gedrückt, dies und das gebrochen, anderes geplatzt. Der Fallschirm wird nur einmal erwähnt: Der Polizeibeamte, der zum Unfallort gerufen wurde, beschreibt ihn kurz. Er gibt an, der Fallschirm habe auf ihn den Eindruck gemacht, nicht richtig gepackt worden zu sein. Zeugen behaupten, Dr. Hurt hätte ihn selbst vorbereitet. Es wird in Erwägung gezogen, dass er Selbstmord begangen haben könnte.

Kollegen und Verwandte räumten ein, Dr. Hurt sei hoch verschuldet gewesen und gerade geschieden worden, hätte aber behauptet, nicht depressiv zu sein, sich auch nicht auffällig verhalten, sondern schien ganz im Gegenteil guter Dinge zu sein. Das hat Sykes schon öfter gehört: Niemand hat was gemerkt. Warum wohl nicht?! Wenn man zugeben würde, dass es auch nur den geringsten Anlass zur Besorgnis gab, bekäme man Schuldgefühle, weil man zu sehr mit sich selbst beschäftigt war, weil man sich keinen Moment Zeit nahm, um mal kurz über jemand anders nachzudenken. Es klopft, Sykes blickt hoch. Die Tür geht auf, und die leitende Amtsärztin kommt herein, eine unscheinbare Frau mit verkniffenem Gesicht, um die fünfzig, Großmutterbrille, weiter Laborkittel, Stethoskop um den Hals.

»Na, das ist ja was!«, sagt Sykes mit demonstrativem Blick auf das Stethoskop. »Horchen Sie, ob die Leichen auch richtig tot sind, bevor Sie sie aufsägen?«

Die Ärztin grinst. »Meine Sekretärin hat mich gebeten, ihr die Lunge abzuhören, sie hat Bronchitis. Wollte nur sehen, ob Sie irgendwas brauchen.«

Da steckt bestimmt mehr dahinter.

»Ich nehme nicht an, dass Sie damals hier waren, als Dr. Hurt starb«, versucht es Sykes.

»Ich war seine Nachfolgerin. Worum geht's denn? Wieso das plötzliche Interesse?« Sie wirft einen Blick auf die zwei Aktenordner auf dem Tisch.

Sykes will es ihr nicht verraten. »Mehrere auf den ersten Blick nicht zusammenhängende Todesfälle könnten etwas miteinander zu tun haben. Sie wissen ja, wie das ist, man muss sich alles ansehen.«

»Ich dachte, es wäre ein ziemlich eindeutiger Suizid gewesen. Was hat das TBI damit zu tun?«

»Direkt nichts.«

»Sie sitzen also gar nicht an diesem Fall?«, hakt die Amtsärztin nach.

»Ich helfe aus. Das ist nicht mein Fall«, erklärt Sykes. Als ob sie daran erinnert werden müsste! »Wie gesagt, ich überprüfe nur ein paar Sachen.«

»Gut, verstehe. Dann hat das wohl seine Richtigkeit. Ich bin in der Leichenhalle, falls Sie mich brauchen«, sagt die Ärztin und schließt die Tür hinter sich.

Dann hat das wohl seine Richtigkeit. Als wäre Sykes ein kleines Mädchen.

Sie denkt über Dr. Hurt nach, über seinen Gemütszustand, seine fachliche Kompetenz und Einsatzbereitschaft, wenn er tatsächlich unausgeglichen und depressiv war und keinen Sinn mehr im Leben sah. Sykes versetzt sich in seine Lage und ist sich ziemlich sicher, dass sie wichtige Fakten übersehen, sich vielleicht nicht richtig anstrengen würde, dass ihr alles egal wäre. Mit diesen Gedanken im Hinterkopf inspiziert sie die Akte des Zugunglücks, eine ekelhaft verstümmelte Leiche. Es geschah an einem Bahnübergang auf einer zweispurigen Landstraße. Der Führer des Güterzuges gab an, als er gegen Viertel nach acht am Morgen um eine ziemlich scharfe Kurve gebogen sei, hätte er einen Menschen mit dem Gesicht nach unten auf den Gleisen liegen sehen, den Zug aber nicht mehr rechtzeitig anhalten können. Das Opfer hieß Mark Holland, ein neununddreißigjähriger Beamter der Polizei von Asheville.

In der Zeitung wird seine Witwe Kimberly zitiert, ihr Mann habe das gemeinsame Haus in Asheville früh am Vorabend verlassen, habe in Charlotte jemanden treffen wollen, sie wisse nicht, wen, aber es habe »mit der Arbeit zu tun gehabt«. Er sei nicht depressiv gewesen, sie könne sich nicht vorstellen, was der Grund für den vermeintlichen Selbstmord gewesen sein könne, sie sei völlig durcheinander, aber überzeugt, dass er so etwas nie getan hätte, zumal er gerade befördert worden sei und mit ihr »eine Familie gründen« wollte.

Die Obduktion offenbarte eine Platzwunde an Mark Hollands Schädel und einen darunterliegenden Bruch (kein Wunder!), der *mit einem Sturz übereinstimmt.*

Dr. Hurt war nicht nur depressiv, er muss jenseits von gut und böse gewesen sein, denkt Sykes, wenn er die Erklärung des Polizisten aus Charlotte für bare Münze nahm, Holland habe die Gleise zu Fuß überquert, sich vielleicht unbeobachtet mit einem Zeugen treffen wollen, sei gestolpert und gestürzt, durch den Sturz bewusstlos geworden. Dr. Hurt erklärte den Tod zum Unfall.

Die Rechtsmedizinerin Rachel – oder Rake, wie Win sie nennt – legt den Brief auf ein perforiertes Metallblech, das Vakuumplatte genannt wird. Sie drückt auf einen Knopf und saugt die Luft heraus.

Win hat schon öfter gesehen, wie die elektrostatische Oberflächenabbildung funktioniert. Sie hatten schon mehrmals Glück, so wie vor kurzem in einem Entführungsfall. Der Erpresserbrief war auf liniertem Papier verfasst worden, das offenbar unter einem anderen Zettel gelegen hatte, auf dem der Täter zuvor eine Telefonnummer notiert hatte. Sie führte die Polizei zu einer Pizzeria namens Papa John. Dort hatte der Entführer eine Bestellung aufgegeben und mit Kreditkarte bezahlt.

Rake trägt weiße Baumwollhandschuhe. Erleichtert nimmt sie zur Kenntnis, dass Win den Brief nicht mit bloßen Händen berührt hat. Wenn das Schreiben, das der Mann mit dem roten Schal für Win im Café Diesel abgegeben hat, auf blinde Schreibdruckrillen untersucht worden ist, wird es in einem anderen Labor mit Ninhydrin oder einem anderen Reagens bearbeitet, um etwaige Fingerspuren sichtbar zu machen.

»Wie läuft's in Knoxville?«, fragt Rake, eine hübsche junge Brünette, die beim FBI-Labor in Quantico anfing, aber nach dem 11. September und dem Patriot Act nicht mehr für die Bundesregierung arbeiten wollte. »Redest du bald auch mit so einem *Dueling Banjos*-Akzent?«

»Das war der Norden von Georgia, wo der Film *Deliverance* spielte. In Knoxville gibt's keine *Dueling Banjos,* da ist alles quietschorange.«

»Jäger?«

»Nein, College-Football.«

Rake bedeckt den Brief und die Metallplatte mit einem durchsichtigen Plastikfilm, der Win an Frischhaltefolie erinnert.

»Win?«, sagt Rake, ohne aufzusehen. »Klingt vielleicht abgedroschen, aber es tut mir Leid, was passiert ist.«

»Danke, Rake.«

Über die Oberfläche läuft eine Korona-Entladeeinheit. Dabei riecht Win immer Ozon, wie kurz vor einem Regenschauer.

»Egal, was andere sagen. Du hast das Richtige getan«, fügt sie hinzu. »Ich verstehe nicht, wie man das überhaupt in Frage stellen kann.«

»Wusste nicht, dass das einer tut«, erwidert Win und bekommt ein ungutes Gefühl.

Rake neigt die Platte und lässt mit Tonerstaub umhüllte Perlen über das mit Film überzogene Dokument rollen. »Hab's in der Kaffeepause im Radio gehört.«

Durch die elektrostatische Aufladung wandert der Toner in Druckrillen, die für das bloße Auge unsichtbar sind, Bereiche, die durch Schriftspuren mikroskopisch beschädigt sind.

»Was? Erzähl!«, sagt Win, aber er weiß es schon.

Er wird fertig gemacht.

»Nichts, Lamont hat nur gesagt, die Sache wird untersucht, als ob es vielleicht doch nicht in Ordnung war mit dem tödlichen Schuss. Morgen kommt eine Riesenstory, es laufen schon die ersten Spots dafür.« Rake sieht ihn an. »Das nenn ich Dankbarkeit, was?«

»Hab nichts anderes erwartet«, erwidert er. Es erscheinen schwache Bilder in blassem Schwarz, verwirrende Wortfetzen.

Rake lässt sich nicht beeindrucken, zeigt Win etwas auf dem Drohbrief, den der Mann mit dem roten Schal für Win abgegeben hat. »Wir versuchen es besser mit 3-D-Enhancement.«

Toby Huber ist kalt. Zitternd sitzt er auf dem Balkon des Winnetu Inn in South Beach, Edgartown, raucht einen Joint und schaut auf das Meer, auf Menschen, die in langen Hosen und Jacken am Strand entlanggehen.

»Klar ist sie weg, ich weiß nur nicht genau, wohin«, spricht er in sein Handy, verärgert, aber angenehm betäubt. »Sorry, Mann. Aber ist doch jetzt egal.«

»Das kannst du gar nicht beurteilen. Streng mal deine grauen Zellen an!«

»Hör mal, ich hab's schon gesagt, ja? Das war wahrscheinlich, als ich alles in Mülltüten gepackt habe oder so. Ich hab echt alles weggeschmissen, auch das Essen im Kühlschrank, Bier, alles. Hab den Müll sogar zig Kilometer weiter geschleppt zu einem Container hinter einem Restaurant, weiß nicht mehr, wo. Mann, es ist arschkalt hier! Ich hab hier zigmal nachgeguckt, hier ist sie nicht. Reg dich ab, sonst bekommst du noch 'nen Herzkasper!«

Im Apartment ertönt ein Klopfen, die Tür geht auf, und die Putzfrau erschrickt, als Toby stinksauer vom Balkon hereingeschossen kommt.

»*Bitte nicht stören!* – Ist das etwa schwer zu verstehen?«, schreit er sie an.

»Entschuldigung, draußen hängt kein Schild.« Schnell verschwindet sie wieder.

Toby kehrt auf den Balkon zurück, nimmt einen Zug vom Joint und schreit fast ins Telefon. »Ich hau hier ab! Verstanden? Irgendwohin, wo's warm ist. Scheißlangweilig ist es hier. Ich hab schon genug mitgemacht. Hauptsache, das lohnt sich auch.«

»Geht noch nicht. Es fällt auf, wenn du jetzt plötzlich nach L.A. fliegst. Du musst noch ein paar Tage bleiben. Wir müssen sicher sein, dass sie nicht irgendwo ist und doch noch gefunden wird. Das gäbe großen Ärger. Denk mal nach, Toby!«

»Wenn überhaupt, kann sie nur im Apartment sein. Weiß nicht …« Ihm schwant etwas. Ob er wirklich unter dem Bett nachgesehen hat? Er erwähnt es, fügt hinzu: »Weißt du, da könnte ich sie hingetan haben, als ich sie gelesen habe. Wieso guckst du nicht einfach selbst nach?«

»Hab ich schon.«

»Wenn das so verdammt wichtig ist, dann guck doch noch mal nach!«

»Denk nach! Wann hast du sie zuletzt gehabt? Bist du sicher, dass du sie nicht im Büro liegen gelassen hast …?«

»Nein, hab ich doch gesagt. Ich hab sie mitgenommen, das weiß ich ganz genau, weil ich sie gelesen habe.«

»Davon war nicht die Rede, dass du sie liest!«

»Ja, das hast du jetzt schon hundertmal gesagt, kannst du vielleicht damit aufhören?«

»Du hast sie mit ins Auto genommen? Und dann? Im Bett gelesen? Die Scheißbilder angegafft? Bist du nicht mehr bei Trost? Wann hattest du sie zuletzt?«

»Ich hab gesagt, du sollt dich abregen, schrei nicht so rum! Ich kann ja wohl kaum selbst nachgucken. Guck du doch nach, bevor's zu spät ist. Vielleicht hab ich sie übersehen, ja? Ich hab sie überall gehabt, in der Schublade, dann in einem Haufen Kram neben dem Bett, dann unterm Kopfkissen. Irgendwann sogar mal im Wäschekorb. Oder war das der Trockner …?«

»Toby, weißt du ganz genau, dass du sie nicht mit nach Vineyard genommen hast?«

»Wie oft willst du mich das noch fragen? Was würde das ändern? Ist doch egal, wenn sie weg ist. Ist eh alles anders gelaufen als geplant.«

»Wir wissen aber nicht mit Sicherheit, dass sie weg ist, oder? Und das ist ein Problem, ein sehr großes Problem. Du solltest sie irgendwo hinlegen, wo sie gefunden wird. Direkt bevor du verschwindest. Hast du aber nicht. Du hast meine Anweisungen einfach ignoriert.«

»Dann ist sie wahrscheinlich im Müll gelandet, okay?

Wahrscheinlich als ich aufgeräumt habe.« Toby nimmt einen Zug vom Joint. »Ist ja nicht so, als ob ich mich um nichts zu kümmern hätte, ja? Und er hat mich ständig wegen dem Geld angehauen, ich sollte es ihm vorweg geben, aber ich hab gesagt, nur die Hälfte. Und du hast ewig gebraucht, die Kohle zu besorgen …«

»Wie bin ich bloß an einen wie dich geraten?«

Er lässt den Rauch wirken. Atmet aus. »Weil du Glück hast. Bis jetzt. Aber das kann sich auch ändern.«

Rake ist in die Welt von Pixeln, Z-Ranges und Histogrammen abgetaucht, sie schwenkt, zoomt, kreist, verändert Lichtwinkel, Oberflächenreflexion und Konturenverstärkung, und Win starrt auf den großen Flachbildschirm, auf vergrößerte schattenhafte Umrisse in 3-D.

Er meint, ein Wort erkennen zu können, vielleicht Zahlen.

»Ein *e*, ein *r*, ein *v*, klein geschrieben?«, vermutet er. »Und *3* und *96*?«

Da ist noch mehr. Rake macht weiter, Buchstaben und Zahlen treten hervor. Es sieht sonderbar aus, fast überlagert.

»Abdrücke von mehr als einem Zettel?«, fragt Win.

»Das denke ich«, bestätigt Rake. »Könnten Abdrücke von verschiedenen Notizen auf mehreren Blättern desselben Blocks sein. Du weißt schon: Man schreibt sich was auf, nimmt den nächsten Zettel, schreibt wieder was hin, und der Druck vom Kuli oder Stift auf dem Papier ist so stark, dass man mehrere Blätter tief Abdrücke findet.«

Rake versucht es weiter, und dann haben sie das Ergebnis: *drei Jahre Marktexklusivität,* dann ein *O. K.,* teilweise überlagert von *$8,96,* was vermutlich auf einem anderen Zettel stand, und schließlich: *Schätzung vorher nur $6,11.*

10. Kapitel

Monique Lamont sitzt in einer Küche aus Marmor und Kirschholz auf der Mount Vernon Street in Beacon Hill, einem der teuersten und begehrtesten Stadtteile Bostons. Sie trinkt ihren ersten Martini, ohne Eis, Grey-Goose-Wodka und Noilly Prat, darin eine mit einer Peperoni gefüllte grüne Olive. Das Glas hat sie aus dem Eisfach geholt.

Sie trägt Jeans und ein weites Jeanshemd. Der Jogginganzug, den sie zuvor anhatte, ist im Müllcontainer gelandet. Bis heute Morgen, als Sammy den Kollegen den Ort bekannt gab, war die Stadtwohnung in dem Ziegelsteinkomplex aus dem neunzehnten Jahrhundert ein gut gehütetes Geheimnis, aber Sammy bestand darauf, dass die Polizei in der Gegend patrouilliert, Lamont könne nicht in ihrem Haus in Cambridge bleiben, nicht jetzt – als wenn sie das gewollt hätte. Immer wird sie die Hintertür, die Schlüsselbox, den Benzinkanister vor sich sehen. Immer wird sie den Fremden in ihrem Schlafzimmer sehen, der ihr die Waffe an die Schläfe hielt und mit ihr machte, was er wollte, der sein eigenes Bild von ihr schuf – als schmutzige, unwürdige Kreatur, ein Nichts, ein Niemand.

»Am liebsten hätte ich ihn selbst erschossen«, sagt sie.

Huber sitzt ihr gegenüber am Tisch, trinkt sein zweites Bier. Er kann sie kaum ansehen. Sein Blick gehorcht ihm nicht, als sei seine Augenmuskulatur gelähmt.

»Du musst darüber wegkommen, Monique«, sagt er. »Sicher, das ist einfach gesagt. Aber du kannst gar nicht klar denken. Wie auch, unter diesen Umständen?«

»Hör auf, Jessie! Wenn dir mal so was passieren sollte, würdest du hinterher den Mond anheulen. Dann wüsstest du, was Einfühlungsvermögen ist.«

»Das heißt, es ist in Ordnung, wenn du den Rest deines Lebens auch noch ruinierst, ja? Du hättest keinem von dieser Wohnung erzählen dürfen.«

»Ach ja? Und den Polizeischutz ablehnen, ohne zu wissen, wer hinter der ganzen Sache steckt, wer den Kerl auf mich angesetzt hat?«

»Wir wissen doch nicht mit Sicherheit, dass es so war …«

»Soll ich vielleicht ins Hotel gehen? Und in der Lobby steht die Presse und wartet nur darauf, mich fertig zu machen?«

»Du bist doch selbst zur Presse gegangen«, entgegnet Huber düster, und sein Blick wandert über sie, auf diese kühle, berechnende Art. »Jetzt ist die Kacke am Dampfen, und wir dürfen Kaviar draus machen.«

Huber benutzt die schlimmsten Vergleiche und Redensarten, die Lamont je gehört hat. »Warum hast du das überhaupt zugelassen? Du hättest doch sagen können, das Labor ist zu oder Rachel ist nicht da, hat zu tun oder was auch immer. Das war dumm, Jessie.«

»Win hatte schon immer ein besonderes Verhältnis zu den Leuten vom Labor. Er ist zu intelligent. Wenn ich ihm mit Ausreden gekommen wäre, hätte er sofort gewusst, dass etwas nicht stimmt. Ich bin wie ein Vater für ihn.«

»Dann ist er nicht so clever, wie du glaubst.« Lamont trinkt ihren Martini aus und isst die Olive.

»Du bist ein Harvard-Snob.« Huber steht auf, öffnet den Kühlschrank, holt die Flasche Grey Goose und ein gekühltes Glas heraus, bereitet Monique noch einen Martini zu, vergisst aber die Olive.

Sie schaut so lange auf den Martini, den er ihr auf den Tisch stellt, bis er merkt, dass die Olive fehlt.

»Weißt du, was der Kerl für einen IQ hat?«, fragt Huber aus dem Kühlschrank. »Mehr als du und ich zusammen.«

Wieder läuft der erbarmungslose Film vor Lamonts Augen ab: Win, der sie auf dem Bett liegen sieht, ihr seine Jacke reicht, ihr befiehlt, tief durchzuatmen. Er hat sie nackt gesehen, machtlos und erniedrigt.

»Er kann nur keine Prüfungen ablegen, das ist das Problem«, fährt Huber fort, öffnet noch eine Dose Bier. »Ist mit Bestnote von der High School abgegangen, war Abschiedsredner, alle dachten, er würde seinen Weg machen, so wie er aussah, mit seinem Talent. Nur eines konnte er nicht: Eignungstest fürs College verbockt. Dann die Aufnahmeprüfung für die Uni, fürs Jurastudium. Er schafft keine Prüfung. Irgendwas setzt da bei ihm aus.«

Win ist nicht zum *Globe* gekommen. Er hat sich Lamont widersetzt. Er hat keinen Respekt mehr vor ihr, seitdem er sie so gesehen hat …

»Hab schon öfter von solchen Leuten gehört.« Huber setzt sich wieder. »Wissen alles, bestehen aber keine Prüfung.«

»Ich interessiere mich nicht für seine Lernbehinderung«, gibt Lamont zurück, »sondern dafür, was er im Labor herausgefunden hat.« Der Wodka macht ihre Zunge schwer, träge, ihre Gedanken hinken nach. »Oder was er glaubt herausgefunden zu haben.«

»Er weiß wahrscheinlich nicht, was es zu bedeuten hat. Jedenfalls kann er nichts beweisen.«

»Das habe ich nicht gefragt!«

»Notizen von einem Telefonat mit meinem Makler.«

»Du lieber Himmel!«

»Keine Sorge. Es gibt keine Fingerspuren, der Brief ist nicht mit mir in Verbindung zu bringen. Wenn ich mich irgendwo auskenne, dann in der Rechtsmedizin.« Huber grinst. »Win glaubt wahrscheinlich, dass du dahintersteckst. Oder dass Roy es war, der ihn Halbblut genannt hat.« Huber lacht. »Das hat ihn mit Sicherheit auf die Palme gebracht.«

»Wieder so eine impulsive, riskante Entscheidung von dir.« Huber hat sie nicht gefragt, sondern es einfach getan. Hinterher hat er es Lamont erzählt, denn je mehr sie weiß, desto tiefer ist sie in die Sache verwickelt. Das war schon immer seine Taktik.

»Es hat genau so funktioniert, wie ich gesagt habe.« Huber trinkt sein Bier. »Man muss ihm drohen, ihn beleidigen, ihn von dem Fall abzuhalten versuchen, dann schlägt er seine Zähne rein wie ein Pitbull.«

Monique schweigt, trinkt den Martini, sitzt in der Falle.

»Das war nicht nötig. Er ist auch so ein Pitbull.«

»Es war dein Fehler, unbedingt mit ihm persönlich sprechen zu wollen statt am Telefon. Du hättest ihn in Knoxville lassen sollen.« Huber denkt nach, sein Gesicht zuckt. »Vielleicht willst du was von ihm. Kommt mir manchmal so vor.«

»Halt den Mund, Jessie.«

»War natürlich Glück, dass er da war. Vorsehung, dein Schutzengel, dein gesunder Lebenswandel oder sonst was«, sagt er taktlos, gleichgültig. »Jedenfalls wurde Win sauer und wollte mit dir sprechen. Wie sich herausstellte, hat mein kleiner Schachzug uns allen ganz schön geholfen. Immerhin lebst du noch, Monique.«

»Das klingt so enttäuscht ...«

»Monique!«

»Das meine ich ernst.« Sie hält seinem Blick stand, zuckt nicht mit der Wimper, spürt, dass sie Huber hasst, dass sie ihm Böses wünscht – Elend, Armut, Tod. »Toby braucht nicht mehr zurückkommen. Er ist ein Versager. Diesen Gefallen tue ich dir nicht mehr. Ich tue niemandem mehr einen Gefallen.«

»Er arbeitet auch nicht gern für dich.«

»Ich hab genug von dir, Jessie. Schon lange.« Durch den

Wodka verliert sie alle Hemmungen. Soll Huber zur Hölle fahren. »Ich habe dir gesagt, dass ich nicht mehr mitspiele. Und das meine ich ernst. Es lohnt sich nicht.«

»Sicher lohnt es sich. Du hast bekommen, was du wolltest, Monique. Was du verdienst«, fügt er hinzu, und es ist völlig klar, was er damit meint.

Schockiert sieht sie ihn an. »Was ich verdiene?«

Er schweigt.

»Das verdiene ich? Wie kannst du so was sagen! Du Schwein!«

»Ich meinte, dass du hart arbeitest und etwas dafür bekommen solltest.« Jetzt schweift sein Blick nicht mehr ab, ist fest auf Monique gerichtet, leer.

Sie beginnt zu weinen.

Es ist schon dunkel, Neumond.

Win öffnet die Fahrertür von Nanas altem Buick, steht wieder mitten auf der Straße, vor ihm Miss Dog. Der Hund läuft ziellos umher, Scheinwerferlicht fällt in seine alten blinden Augen.

»Jetzt reicht's. Das war's«, sagt Win empört. »Komm mal her, mein Mädchen«, lockt er den Hund und pfeift. »Komm her, Miss Dog! Was machst du denn da wieder auf der Straße, hm? Hat sie die Tür aufgelassen? Hat die fette Kuh dich rausgelassen und ist zu faul, dich wieder reinzuholen? Hat dich dieses Arschloch von Schwiegersohn getreten?«

Miss Dog hat den Schwanz eingezogen, sie lässt den Kopf hängen. Dann legt sie sich hin, als hätte sie etwas falsch gemacht. Vorsichtig hebt Win sie hoch, spricht mit ihr, auch wenn er nicht weiß, ob sie ihn überhaupt hören kann. Er trägt sie ins Auto, gibt Gas, erzählt ihr, wohin er fährt und was er vorhat. Vielleicht versteht sie ihn, vielleicht auch nicht. Sie leckt seine Hand. Er parkt hinter Nanas Haus, und die Windspiele klingen leise, die Nacht ist klar, die kühle Luft bewegt sich kaum, die Glocken tönen sanft, als tauschten sie flüsternd Geheimnisse aus. Win schließt die Hintertür auf, Miss Dog über der Schulter wie ein Kartoffelsack mit Fell.

»Nana?«

Er folgt dem Geräusch des Fernsehers.

»Nana? Wir haben ein neues Familienmitglied.«

Sykes telefoniert jetzt schon seit einer Stunde, wird von einem Veteranen an den nächsten verwiesen. Bisher kann sich keiner bei der Polizei von Asheville an Mark Holland erinnern.

Sie sitzt im Auto, fährt nach Westen Richtung Knoxville und wählt die nächste Nummer. Die entgegenkommenden Scheinwerfer blenden sie und erinnern sie daran, wie übel es ist, alt zu werden. Sykes sieht immer schlechter, kann ohne Brille schon keine Speisekarte mehr lesen, ihre Nachtsicht ist miserabel. Verdammte Flugzeuge. Nichts als Verspätungen und Stornierungen. Sie musste sich einen Mietwagen nehmen, aber der einzige, der übrig war, hatte nur vier Zylinder. Lahme Ente.

»Ich würde gerne mit Detective Jones sprechen«, sagt sie zu dem Mann am anderen Ende der Leitung.

»Ist lange her, dass mich einer so genannt hat«, entgegnet die Stimme erfreut. »Wer ist denn da?«

Sykes stellt sich vor. »Wie ich gehört habe, waren Sie in den Achtzigern Polizist in Asheville, und da wollte ich fragen, ob Sie sich vielleicht an einen Kollegen namens Mark Holland erinnern können.«

»Nicht sehr gut, weil er nur ein paar Monate dabei war und dann starb.«

»Was wissen Sie noch über die Sache?«

»Nur dass er nach Charlotte gefahren war, um angeblich den Zeugen in einem Raubüberfall zu vernehmen. Wenn Sie mich fragen, das war kein Unfall. Ich glaube, er wollte sich bloß nicht an einem Ort umbringen, wo einer von seinen Kollegen den Fall hätte untersuchen müssen.«

»Haben Sie eine Vorstellung, warum er sich das Leben nehmen wollte?«

»So wie ich gehört habe, hat seine Frau ihn betrogen«, entgegnet Jones.

In ihrem langen schwarzen Gewand liegt Nana auf der Couch und schläft, das lange weiße Haar über das Kissen gebreitet. Im Fernsehen fuchtelt Clint Eastwood mit seiner großen bösen Wumme herum. *Make My Day.*

Win setzt Miss Dog ab, sofort legt sie den Kopf in Nanas Schoß. So reagieren alle Tiere auf Wins Großmutter. Sie schlägt die Augen auf, sieht Win an, hält ihm die Hand hin.

»Mein Schatz.« Sie gibt ihm einen Kuss.

»Du hattest die Alarmanlage schon wieder nicht an. Ich habe keine andere Wahl, du bekommst einen Wachhund. Das ist Miss Dog.«

»Hallo, meine Süße, Miss Dog.« Nana streichelt das Tier, zieht es liebevoll an den Ohren. »Keine Sorge, Miss Dog. Die findet dich hier nicht, die böse Frau. Ich hab sie deutlich vor Augen, könnte ein paar neue Zähne gebrauchen, was?« Nana fährt Miss Dog durchs Fell. »Keine Angst, meine Kleine«, sagt sie. »Ich habe meine eigenen Mittel, um mich um solche Leute zu kümmern.«

Will man Nanas Zorn auf sich ziehen, muss man nur ein Tier schlecht behandeln. Dann begibt sie sich spätabends auf eine geheimnisvolle Mission, wirft Pennys mit der Prägung 999 aufs Grundstück böser Menschen, bezahlt so die alte Göttin Hekate, die weiß, was man mit grausamen Menschen macht.

Miss Dog schläft tief und fest auf Nanas Schoß.

»Die Frau hat Schmerzen in der Hüfte«, erklärt Nana. »Arthritis, Zahnfleischprobleme, Schmerzen. Depressionen. Schreit den Hund ständig an, diese unglückliche dicke Frau. Ist kein guter Mensch, behandelt das Tier wie sich selbst. Schrecklich. Armes Ding.« Nana streichelt den schnarchenden Hund. »Ich weiß Bescheid«, sagt sie zu Win. »Es läuft ständig im Fernsehen. Aber du bist im Recht.« Sie nimmt seine Hand. »Weißt du noch, wie dein Vater den Mann zusammenschlug, der drei Straßen weiter wohnte?« Sie zeigt in die Richtung. »Er hatte keine andere Wahl.«

Win weiß nicht genau, wovon sie spricht – nichts Neues. Nanas Welt ist nicht immer einleuchtend oder logisch.

»Du warst vier und der Sohn von diesem Mann acht. Er hat dich geschubst und getreten, dich beschimpft, deinen Vater gemein beschimpft, mit rassistischen Ausdrücken, und als dein Vater das herausbekam, aber hallo, da ging er hinüber zu denen, und dann war Schluss.«

»Hat Dad angefangen?«

»Nein, dein Vater nicht. Aber er hat dem Ganzen ein Ende gesetzt. So was passiert. Und du hast recht getan. Wenn du zurückgehst und dich umsiehst, findest du ein Messer.«

»Nein, Nana, es war eine Pistole.«

»Da ist ein Messer, hörst du, es hat so einen Griff mit einem Ding dran.« Sie zeichnet es in der Luft, vielleicht meint sie eine Klinge mit einem Stichblatt wie beim Degen. »Sei vorsichtig! Gib dir nicht die Schuld daran, dass du jemanden getötet hast. Er war ein schlechter Mensch, aber es gibt noch einen anderen. Der ist noch schlimmer. Böse. Heute Morgen habe ich deinen Honig auf einem Muffin probiert. Tennessee ist eine reine Gegend mit vielen guten Menschen, nicht unbedingt mit guter Politik, aber mit guten Menschen. Die Bienen machen sich nichts aus Politik, deshalb gefällt's ihnen da, und sie machen fröhlich ihren Honig.«

Lachend steht Win auf. »Ich muss wohl runter nach North Carolina, Nana.«

»Noch nicht. Du hast hier noch etwas zu erledigen.«

»Stellst du bitte die Alarmanlage an?«

»Ich habe meine Windspiele. Und Miss Dog«, antwortet Nana. »Heute Nacht steht der Mond in einer Reihe mit der Venus, im Skorpion. Es häufen sich falsche Schlüsse. Deine Wahrnehmung ist verschleiert, aber das ändert sich bald. Geh noch einmal zu ihrem Haus, dann wirst du finden, was ich gesagt habe, und noch etwas anderes.« Sie blickt in die Ferne. »Warum sehe ich ein kleines Zimmer mit Deckenbalken? Und eine schmale Treppe, vielleicht aus Sperrholz?«

»Wahrscheinlich, weil ich immer noch nicht dazu gekommen bin, deinen Speicher aufzuräumen«, erwidert Win.

11. Kapitel

Am nächsten Morgen arbeiten sich Sykes und Tom, der Leiter der National Forensic Academy, im Krebsgang durch das Gras und sammeln Patronenhülsen ein.

Am Schießstand der Polizei von Knoxville ist keiner zu fein, hinter sich aufzuräumen. Man erwartet, dass jeder, der diese Akademie besuchen darf, sich dieses Privilegs bewusst ist. Dass man zum Unterricht geht, ist selbstverständlich. Deprimiert und übernächtigt sieht sich Sykes unter den Kollegen um, fünfzehn Männer und Frauen in blauen Cargohosen, Polohemden und Kappen. Sie tragen Waffen und Munition zurück zum Golfcart; der achtstündige Unterricht – bestehend aus Flugbahnanalyse, Patronenhülsenauswurf, Beweissicherung mit kleinen orangefarbenen Fähnchen und Fotos, wie man sie am Tatort macht – neigt sich dem Ende zu.

Sykes fühlt sich ausgeschlossen. Sie ist niedergeschlagen und überzeugt, dass die anderen sie meiden, nichts von ihr wissen wollen. Sie glaubt, die Kollegen halten sie für eine Schönwetter-Polizistin, eine Tatortsachverständige, die nur auftaucht, wenn es was zu tun gibt, das Spaß macht, wenn man zum Beispiel mit einer AK-47, einer Glock oder einer Riot Gun Kaliber 12 schießen darf, wenn man auf die Zielscheiben ballert, die Sykes immer *Drecksäcke* nennt. Darauf zielt sie am liebsten, denn es ist weitaus befriedigender, einen Pappkameraden zu zerfetzen, der die Pistole auf sie richtet, als einfach nur ins Schwarze zu treffen. Sykes wirft mehrere Messinghülsen in den Plastikeimer, den sie sich mit Tom teilt.

Die Luft ist schwer und feucht, die fernen Smoky Mountains liegen im Dunst, machen ihrem Namen alle Ehre.

»Bisher kommt die Polizei von Knoxville nicht besonders gut weg«, beginnt Sykes. Schweiß läuft ihr in die Augen.

»Gestern waren Verletzungsmuster und stumpfe Gewalt dran«, sagt Tom und wirft die nächste Patronenhülse in den Eimer.

»Schon komisch«, erwidert Sykes, schiebt das Gras zur Seite, hebt noch ein Metallstück auf. »Daran ist diese Frau auch gestorben. Stumpfe Gewalt.« Pling. »Und es gab ein Verletzungsmuster.« Pling. »Win meint, sie hätte Löcher im Kopf gehabt, als wäre einer mit dem Hammer auf sie losgegangen.« Pling. »Ich lerne also trotzdem was, auch wenn ich den Unterricht verpasse.«

»Sie haben Tod durch Drogenmissbrauch verpasst. Plötzlicher Kindstod, Kindesmissbrauch«, fährt Tom fort, tastet im Gras herum, wirft weitere Patronenhülsen in den Eimer.

»Sie wissen, dass ich das nachhole.« Sykes ist nicht überzeugt, dass sie das schaffen wird, und Win ist nicht da, um ihr zu helfen.

»Das müssen Sie auch.« Tom steht auf, reckt sich, sein junges Gesicht ist ernst, vielleicht ernster, als ihm zumute ist.

Er ist nicht so stur, wie er tut. Sykes weiß das. Sie hat ihn mit seinen Kindern gesehen.

»Was ist denn mit der Polizei von Knoxville?«, fragt er.

Sykes erzählt von Jimmy Barbers Keller, von der Akte, die er nicht mit nach Hause hätte nehmen dürfen, von der unglaublich fehlerhaften, dilettantischen Ermittlung in einem unglaublich bösartigen Mordfall. Sie dramatisiert ein wenig, übertreibt, hofft, dass Tom versteht, wie wichtig ihre Aufgabe ist, statt nur darauf zu achten, was sie alles verpasst.

»Ich will niemanden in ein schlechtes Licht rücken«, sagt

Sykes. »Und wenn ich das alles einfach liegen lasse und aufhöre? Wenn Win und ich aufhören?«

»Entschuldigen Sie sich nicht für ihn! Er kann für sich selbst sprechen. Falls wir ihn noch mal wiedersehen. Es ist sein Fall, Sykes. Seine Dienststelle hat ihn darauf angesetzt.«

Es mag zwar sein Fall sein, aber so fühlt es sich nicht an. Sykes hat das Gefühl, die ganze Arbeit zu tun.

»Und die Polizei von Knoxville kommt nicht schlecht dabei weg. Die Sache liegt lange zurück, Sykes. In den letzten zwanzig Jahren hat sich die Strafverfolgung stark verändert. Damals gab es nur Erkennungsdiensttechniker, nicht so was wie das hier.« Er sieht sich unter seinen Schülern um.

»Ich glaube nicht, dass ich die Sache einfach so auf sich beruhen lassen kann«, bemerkt Sykes.

»Unsere Schüler lassen nichts einfach so auf sich beruhen«, erklärt Tom, fast freundlich. »Ich sag Ihnen was. Morgen sind Schussverletzungen dran, da arbeiten wir mit ballistischen Dummies.«

»Wow, klasse!« Sykes schießt gern auf *Gummipuppen,* wie sie sie nennt, noch lieber als auf *Drecksäcke.*

»Ist nicht so wichtig wie andere Sachen, da kann ich ein Auge zudrücken, wir haben noch genug Zeit, dass ich später mal mit Ihnen zum Schießstand gehe. Aber die ganze nächste Woche ist Blutspuranalyse. Da dürfen Sie nicht fehlen.«

Sykes nimmt ihre dunkelblaue Mütze ab, wischt sich den Schweiß von der Stirn, sieht den Kollegen nach, die in Richtung Sporthalle gehen, zu den Trucks, in ihre Zukunft.

»Ich gebe Ihnen Zeit bis Montag«, sagt Tom.

»Nichts«, verkündet Win, als er die quietschende Holztreppe herunterkommt. Er erinnert sich, wie laut die Stufen vor nur wenigen Tagen knarrten, als sich sein gesamtes Leben änderte.

»Sag ich ja. Wir haben Sherlock Holmes gespielt und uns

gründlich umgesehen«, antwortet Sammy aus einem Ohrensessel neben dem mit einer bunten Glasscheibe abgedeckten Kamin. »Das Ganze hat sich hier im Haus abgespielt. Deckt sich mit ihrer Aussage. Er fiel sie von hinten an, zwang sie hoch ins Schlafzimmer, und das war's, dank deiner Mithilfe.«

»Das war's leider nicht.« Win schaut sich um.

Lamonts Glas-Spleen beschränkt sich nicht aufs Büro. So etwas wie hier hat Win noch nie gesehen. Alle Lampen ähneln dem Kronleuchter, den er in ihrem Schlafzimmer zerschmettert hat, ein exotischer Halbmond, der an einer geschmiedeten Eisenkette hängt, handbemalt in lebhaften Farben, signiert mit »Ulla Darni«, schweineteuer. Der Esszimmertisch ist aus Glas, überall sind Kristallschalen und Figurinen, Kunstglasspiegel und Vasen.

»Du weißt, was ich meine.« Langsam erhebt sich Sammy, seufzt, als sei er müde. »Oh Mann, ich brauch 'nen neuen Rücken. Bist du zufrieden? Können wir jetzt gehen?«

»Sie hat noch eine Garage«, erinnert Win ihn.

»War ich schon. Fehlanzeige.«

»Ich war noch nicht da.«

»Wie du willst«, sagt Sammy, zuckt mit den Schultern, und los geht es.

Im späten neunzehnten Jahrhundert muss das Gebäude eine Remise gewesen sein, aus Ziegelstein, darauf ein Schieferdach, das jetzt ein bisschen durchhängt und halb von den unteren Zweigen einer alten Eiche verdeckt wird. Sammy sucht den Schlüssel für die Seitentür heraus. Da sieht er, dass das Schloss kaputt ist, aufgebrochen.

»Das war beim letzten Mal noch nicht ...« Er holt seine Pistole hervor. Win hat seine bereits gezückt.

Sammy stößt die Tür auf, sie schlägt gegen die Wand, er lässt die Pistole sinken und schiebt sie in das Holster zurück. Win tut es ihm nach, steht in der Tür, sieht sich um, entdeckt Ölflecken auf dem Betonboden, Reifenspuren – was man in einer Garage so erwartet. An Haken hängen die üblichen Hof- und Gartengeräte, und in einer Ecke stehen ein Rasenmäher, eine Schubkarre und ein halb voller Benzinkanister aus Plastik.

»Sieht nicht so aus, als ob der Kanister von hier kommt«, bemerkt Sammy.

»Hab ich auch nicht angenommen«, erwidert Win. »Wer ein Haus abfackeln will, bringt den Brandbeschleuniger meistens selbst mit.«

»Es sei denn, es war was Privates, eine Familienangelegenheit. Hab ich schon öfter gesehen.«

»Das hier ist was anderes. Das mit Roger Baptista war kein Familienstreit«, sagt Win und betrachtet ein Seil, das an einem frei liegenden Deckenbalken hängt: eine Dachbodenleiter.

»Warst du da oben?«, fragt Win.

Sammy folgt seinem Blick. »Nein.«

Die Fenster des eindrucksvollen Hauses im Tudorstil glänzen in der Sonne. Anmutig schlängelt sich der leuchtend blaue Tennessee River durch die Landschaft, so weit Sykes blicken kann. Sie steigt aus ihrem alten VW Rabbit und redet sich ein, in ihrem Jeansanzug wie eine harmlose Maklerin mittleren Alters auszusehen.

Der Besitzer des Hauses, in dem Vivian Finlay ermordet wurde, ein Geschäftsmann, ist nicht da. Sykes hat das geprüft. Ob ihm wohl jemand erzählt hat, dass vor zwanzig Jahren eine dreiundsiebzigjährige Frau in seinem feudalen Palast erschlagen wurde? Wenn ja, scheint es ihm nichts auszumachen. Nicht schlecht. Sykes möchte nicht in einem Haus leben, in dem jemand ermordet wurde, nicht mal wenn sie es geschenkt bekäme. Sie schaut sich um, überlegt, wie Mrs. Finlays Mörder hineingelangt ist.

Eine Eingangstür und mehrere Fenster auf beiden Seiten, aber sie sind klein, und Sykes kann sich nur schwer vorstellen, dass jemand in dieser Gegend am helllichten Tag durch ein Fenster klettert. Eine andere Tür, die näher zur Rückseite gelegen ist, scheint in den Keller zu führen, dann gibt es eine dritte Tür auf den Fluss hinaus, und durch Fenster rechts und links davon ist eine moderne Küche mit Edelstahlgeräten und viel Fliesen und Granit zu sehen.

Sykes steht hinter dem Haus, betrachtet die Blumen und die ausladenden Bäume, das Mäuerchen aus Flusssteinen, den Anleger und das Wasser. Ein Motorboot braust vorbei, zieht einen Wasserskifahrer hinter sich her. Sykes wählt eine Nummer, die sie im Handy gespeichert hat, als sie nach dem Unterricht, vielleicht war es ihr letzter, von der Akademie herüberfuhr.

»Country Club Sequoyah Hills«, meldet sich eine höfliche Stimme.

»Das Büro, bitte«, sagt Sykes. Sie wird durchgestellt. »Missy? Hallo, ich bin's noch mal, Special Agent Delma Sykes.«

»Also, ich kann Ihnen eines sagen«, erwidert Missy. »Vivian Finlay war bei uns Mitglied von April 1972 bis Oktober 1985 ...«

»Oktober? Sie ist doch im August gestorben«, unterbricht Sykes sie.

»Es hat wahrscheinlich bis Oktober gedauert, bis ihre Familie die Mitgliedschaft gekündigt hat. So was kann manchmal dauern, wissen Sie, man vergisst es einfach.«

Sykes kommt sich dumm vor. Was weiß sie schon über Country Clubs und Mitgliedschaften?

»Sie war Vollmitglied«, erklärt Missy, »also Tennis und Golf.«

»Was steht sonst noch in der Akte?«, erkundigt sich Sykes.

Sie sitzt auf der Mauer und wünscht sich, Wasser vor der eigenen Haustür zu haben und es nicht nur genießen zu können, wenn sie im Urlaub oder auf dem Grundstück fremder Leute ist. Muss toll sein, wenn man sich seinen eigenen Fluss leisten kann.

»Wie bitte?«

»Ich meine, sind da vielleicht alte Rechnungen, die detailliert aufführen, was genau sie gekauft oder gemacht hat? Zum Beispiel ob sie mal Tennisbekleidung im Club gekauft hat?«

»Wir werfen die alten Unterlagen nicht fort, aber sie sind nicht hier im Büro. Wir haben ein Lager …«

»Ich brauche Ihre alten Rechnungen, alle von 1985.«

»Guter Gott, das ist ja zwanzig Jahre her. Die durchgucken, das dauert ja …« Entsetzen, ein hörbarer Seufzer.

»Ich helfe Ihnen«, bietet Sykes an.

Das obere Stockwerk von Lamonts Garage ist zu einem Gästezimmer umgebaut. Es wirkt ungenutzt, nur der dunkelbraune Teppich weist Fußspuren und ein wenig Dreck auf. Ziemlich große Füße, stellt Win fest. Zwei unterschiedliche Schrittmuster.

An den beige gestrichenen Wänden hängen signierte Drucke, Segelboote, Seestücke. Auf dem Bett liegt eine braune Tagesdecke, daneben steht ein Nachttisch, des Weiteren gibt es eine kleine Kommode und einen Schreibtisch mit Drehstuhl. Auf dem Tisch befinden sich lediglich ein Tintenlöscher, eine grüne Glaslampe und ein Brieföffner aus Messing, der wie ein Dolch aussieht. Die Möbel sind aus billigem Ahorn, im kleinen Badezimmer stehen Waschmaschine und Trockner übereinander. Alles ist sehr sauber und ordentlich, wirkt unbewohnt, von den Fußabdrücken auf dem Boden einmal abgesehen.

»Was ist da oben?«, fragt Sammy vom Fuß der ausziehbaren Sperrholztreppe herauf. »Soll ich hochkommen?«

»Musst du nicht, ist zu eng«, ruft Win Sammys ergrauendem Kopf durch die Öffnung zu. »Sieht nicht so aus, als hätte hier jemand gewohnt oder gearbeitet. Wenn, dann ist er ausgezogen und hat gründlich aufgeräumt. Auf jeden Fall ist hier mindestens eine Person herumgelaufen, vielleicht sogar mehrere.«

Win holt ein Paar Latexhandschuhe aus der Tasche, schlüpft hinein und beginnt, die Schubladen aufzuziehen, alle. Er lässt sich auf Hände und Füße nieder, sieht unter der Kommode nach, unter dem Bett. Irgendetwas sagt ihm, dass er überall suchen muss, ohne dass er wüsste, was oder warum. Aber: Wenn jemand in dem Zimmer war, nachdem es geputzt und gesaugt wurde, was hat er hier gewollt? Und wer hat das Schloss unten aufgebrochen? War jemand hier, nachdem Lamont fast umgebracht wurde, und wenn ja, was hat derjenige gesucht? Win schaut in den Wandschrank, öffnet die Türen in der Küchenzeile und im Badezimmer, steht mitten im Wohnzimmer, schaut sich um, sein Blick fällt auf den Herd. Er geht hin und macht ihn auf.

Auf der untersten Schiene liegt ein dicker Umschlag mit der handgeschriebenen Adresse der Staatsanwaltschaft und einem Absender aus Knoxville. Die Briefmarken sind schief aufgeklebt, in Eile, mehr als nötig.

»Ich fass es nicht!«, sagt Win.

Der Umschlag ist aufgeschlitzt, Win blickt zum dolchartigen Brieföffner auf dem Schreibtisch. Dann zieht er eine dicke, mit Gummibändern zusammengehaltene Akte aus dem Umschlag.

»Das gibt's ja wohl nicht!«, ruft er.

Sammys Tritte auf der Leiter.

»Sie hat die Akte hier, die ganze Zeit schon!« Dann wird er unsicher. »Oder jemand anders.«

»Hä?« Sammys ahnungsloses Gesicht erscheint in der Öffnung.

»Die Akte vom Finlay-Fall.«

Sammy hält sich am Seil fest, steigt nicht weiter hoch, fragt wieder: »Hä?«

Win hält ihm die Akte entgegen. »Die liegt seit zwei Monaten hier! Da war ich noch gar nicht an der Akademie, da hatte sie mir noch nicht mal gesagt, dass ich da runtersoll. Ich glaub's nicht.«

»Das ist doch unlogisch. Wenn ihr die Akte aus Knoxville zugeschickt wurde, hätte man es euch da unten doch erzählt, als ihr danach gefragt habt.«

»Hier steht kein Name.« Win liest erneut den Absender. »Nur eine Adresse, kenne ich nicht. Abgestempelt am 10. Juni. Postleitzahl 37921, die Gegend um Western Avenue und Middlebrook Pike. Warte mal.«

Er ruft Sykes an, erhält eine Antwort und wird still, wie immer, wenn sich alles langsam zusammenfügt. Die Absenderadresse ist die von Jimmy Barber.

»Sieht aus, als hätte die Schlampe schon lange vor dir im Keller rumgesucht«, sagt Win zu Sykes. »Sie hat die Finlay-Akte Lamont geschickt, und seitdem liegt sie hier im Backofen.«

»Was? Die Alte hat mich angelogen?«

»Kommt drauf an. Hast du ihr denn gesagt, was genau du suchst?«, fragt Win.

Schweigen.

»Sykes, bist du noch dran? Hast du's ihr gesagt?«

»Nicht so richtig«, erwidert sie.

Um halb drei parkt Win Nanas alten Buick hinter dem Haus, sieht ihre Windspiele bei Tageslicht, die langen hohlen Röhren baumeln in den Bäumen und an der Traufe, nicht ganz so magisch wie bei Nacht.

Neben dem Basketballkorb, fast im Gebüsch, steht noch ein

Auto, ein alter roter Mazda Miata. Win braucht eine Festnetzleitung, und sein Apartment scheint ihm im Moment keine besonders gute Idee zu sein. Er hat ein komisches Gefühl, das er diesmal nicht abtut. Es ist durchaus denkbar, dass irgendwelche Cops oder Schlossknacker bei ihm in der Gegend auf Posten stehen. Win klopft und geht durch die Hintertür in die Küche, wo Nana mit einer jungen Frau sitzt, die den Stapel Tarotkarten zweimal abhebt. Nana hat heißen Tee gekocht, ihr Spezialgebräu aus Zimtstangen und frischer Zitronenschale. Auf der Anrichte steht ein Glas mit Tennessee-Honig, daneben liegt ein Löffel.

»Rate mal, was wir gerade probiert haben, mein Schatz«, sagt Nana zu Win und nimmt eine Karte. »Deinen Honig von den glücklichen Bienen. Das ist Suzy. Wir kümmern uns gerade um ihren Mann, der glaubt nämlich, er bräuchte sich nicht an das Kontaktverbot zu halten.«

»Hat die Polizei ihn mitgenommen?«, fragt Win. Suzy ist Mitte zwanzig, eine zarte Person. Ihr Gesicht ist aufgedunsen vom Weinen.

»Mein Junge ist Polizist«, erklärt Nana stolz und trinkt ihren Tee. Dann hört man Schritte, und Miss Dog kommt herein.

Win setzt sich auf den Boden und streichelt den Hund. Miss Dog möchte am Bauch liebkost werden. Suzy sagt: »Zweimal schon. Aber es hilft nichts. Er zahlt Kaution und ist wieder draußen, taucht wie gestern Nacht bei meiner Mutter auf, versteckt sich hinter der Hecke und springt mir entgegen, als ich gerade aus dem Auto steige. Er will mich umbringen, das weiß ich. Aber mir glaubt keiner.«

»Wir kümmern uns darum«, verspricht Nana.

Win fragt, wo Suzys Mutter wohnt. Miss Dog sieht auffällig gesünder aus. Ihre blinden Augen scheinen zu funkeln. Vielleicht lacht sie.

»Die Straße runter«, antwortet Suzy mit fragender Stimme. »Müssten Sie doch wissen.« Sie schaut Miss Dog an.

Da weiß er Bescheid. Suzys Mutter ist das Frauchen von Miss Dog. Ausgerechnet. »Miss Dog bleibt hier«, sagt er, und damit ist das geklärt.

»Von mir aus, ich verrate nichts. Mama war immer gemein zu ihr, Matt noch schlimmer. Ich hab dasselbe gesagt wie Sie, dass der Hund irgendwann überfahren wird.«

»Hier geht's Miss Dog gut«, erklärt Nana. »Gestern Nacht hat sie zusammen mit den Katzen bei mir im Bett geschlafen.«

»Ihre Mutter schützt Sie also nicht vor Matt?« Win steht auf.

»Kann sie gar nicht. Wenn er Lust hat, fährt er bei ihr vorbei. Oder kommt einfach rein. Was soll sie tun?«

Win geht ins Wohnzimmer, um zu telefonieren. Inmitten der Kristallfiguren und der magischen Nippes seiner Großmutter bittet er um ein Gespräch mit Dr. Reid. Der Genetiker arbeitet in dem DNA-Labor in Kalifornien, das die blutige Kleidung aus dem Finlay-Fall untersucht. Win erfährt, dass Dr. Reid gerade eine Telefonkonferenz hat, sich aber in einer halben Stunde bei ihm melden wird. Er verlässt das Haus und geht auf das frühere Heim von Miss Dog zu. Win hat Matt schon einmal gesehen, da ist er sich ziemlich sicher: klein, dick, jede Menge Tattoos, ein brutaler Schläger.

Wins Handy klingelt: Sykes.

»Stör mich jetzt nicht. Ich geh gerade zu 'ner Prügelei«, meldet er sich.

»Dann beeil ich mich.«

»Heute nicht gut drauf?«

»Frag besser nicht. Wenn wir beide nicht ab Montag wieder am Unterricht teilnehmen, fliegen wir raus.«

Das wäre schlimmer für sie als für ihn. Die Massachusetts State Police hat ihre eigenen Tatortspezialisten und braucht keinen Win, um Beweise zu sichern. Ihm selbst ist es im Moment scheißegal, ob er irgendwann die Kriminallabors leitet oder sonst was. Ihm kommt der Gedanke, dass er sich vielleicht nicht mehr richtig für Knoxville begeistern kann, weil er den Verdacht hat, dass er einzig und allein aus einem Grund in den Süden geschickt wurde, nämlich um den Finlay-Fall zu bearbeiten, um die egoistischen politischen, ihm noch unbekannten Interessen einer anderen Person zu vertreten. Und er weiß nicht, wer wohinter steckt.

»Win?«, fragt Sykes.

Er kann das Haus sehen, eine Querstraße weiter links, in der Auffahrt steht ein weißer Chevy.

»Schon gut«, sagt Win. »Ich kümmer mich drum.«

»Darum kannst du dich gar nicht kümmern! Ich bekomme so großen Ärger mit dem TBI, dass ich wahrscheinlich rausfliege! Erzähl mir nicht immer, dass du das regeln würdest, wenn es gar nicht geht, Win!«

»Ich habe dir gesagt, dass ich mich drum kümmere«, wiederholt er und geht schneller. Matt kommt hinter dem Haus hervor und geht zu seinem Pick-up. Dieser feiste, dumme Loser!

»Ich muss dir noch was sagen«, fügt Sykes kläglich hinzu. »Ich hab noch mal mit der Schlampe gesprochen. War übrigens wieder stramm. Du hattest Recht.«

»Womit?« Win fällt in einen Trab.

»Sie hat die Akte vor gut zwei Monaten an die Staatsanwaltschaft geschickt, irgendein Mann hätte sie angerufen und danach gefragt, er hätte sich jung angehört, irgendwie unhöflich. Sie hat es mir nur nicht erzählt, weil ich nicht danach gefragt habe, ständig würden Leute wegen irgendwas anrufen. Tut mir Leid.«

»Muss aufhören«, sagt Win, rennt bereits.

Gerade als Matt die Autotür zuschlagen will, hält Win sie

fest. Der kleine dicke Schläger sieht ihn erst überrascht, dann wütend an.

»Hände weg von meinem Auto!«

Er ist dumm und gemein, stinkt nach Bier und Zigaretten. Win reißt die Tür auf und stellt sich zwischen sie und den Fahrersitz. Matts Atem schlägt ihm entgegen, und Win blickt in die grausamen kleinen Augen von Suzys nichtsnutzigem Ex. Wahrscheinlich hat er sich in der Hoffnung hier herumgetrieben, dass sie auftaucht oder wenigstens vorbeifährt, ihn sieht und einen Schreck bekommt.

»Wer sind Sie und was wollen Sie?«, schreit Matt.

Win starrt ihn einfach an, ein Trick, den er vor vielen Jahren auf dem Schulhof gelernt hat, als er schon größer war und das Gehänsel nicht mehr ertragen konnte. Je länger man jemanden schweigend anstarrt, desto unsicherer wird er. Auch Matts Blick scheint flüchten zu wollen wie kleine Muscheln, die sich im Sand eingraben. Jetzt spielt er nicht mehr den großen Max. Win steht in der Tür und starrt ihn an.

»He, du bist ja irre.« Matt bekommt es mit der Angst.

Schweigen.

»Hau ab, ich tu keinem was.« Er spuckt beim Sprechen, macht sich vor Schiss bald in die Hose.

Schweigen.

Dann sagt Win: »Hab gehört, du trittst gern Hunde und schlägst deine Frau.«

»Das ist gelogen!«

Schweigen.

»Wer das sagt, der lügt!«

Schweigen.

»Ich will nur, dass du dich an mein Gesicht erinnerst«, sagt Win ganz ruhig und mit eiskaltem Blick. »Denn wenn du Suzy noch einmal belästigst, wenn du noch einmal einem Tier was tust, ist dieses Gesicht das Letzte, was du jemals sehen wirst.«

12. Kapitel

Win erhält die enttäuschende Nachricht, dass die DNA-Analyse noch nicht abgeschlossen ist. Er erklärt, dass es dringend ist, fragt, wie lange die Untersuchung noch dauert. Vielleicht ein oder zwei Tage. Er fragt, was genau die Ergebnisse bedeuten können.

»Sie ergeben eine Abstammungslinie«, erklärt Dr. Reid am Telefon. »Basierend auf den vier größten biogeographischen Abstammungsgruppen: schwarzafrikanisch, indoeuropäisch, ostasiatisch, indianisch oder eine Mischung davon.«

Win sitzt in Nanas Lieblingsschaukelstuhl am offenen Fenster, die Windspiele klingen leise, leicht, süß.

»... die Technologie basiert auf SNPs«, fährt Dr. Reid fort. »Das ist die Abkürzung für Einzelnukleotid-Polymorphismen, das ist was anderes als ein normales DNA-Screening, für das man, um Muster zu finden, Millionen von Genpaaren vergleichen muss, von denen viele irrelevant sind. Im Grunde interessieren wir uns eigentlich nur für die rund zweitausend ethnischen Marker ...«

Win lauscht dem Fachchinesisch. Wie immer erklärt der Wissenschaftler zu viel, kann nicht aufhören, von der Betaversion eines Apparates zu schwärmen, der zu 99,99 Prozent genaue Ergebnisse liefert, von einem Test, der mit 95-prozentiger Genauigkeit die menschliche Augenfarbe aus der DNA ableitet, von der Harvard Medical School und der Lizenzvereinbarung mit dem Harvard-Labor, um ein Mittel gegen Blutarmut zu entwickeln.

»Wow!« Win setzt sich auf. »Was hat das alles noch mit Medizin zu tun?«

»Das ist Pharmakogenetik. Als wir mit der Erstellung von Abstammungsprofilen anfingen, ging es noch nicht um Kriminalfälle. Das ursprüngliche Ziel war, Pharmaunternehmen zu zeigen, wie Genetik in der Arzneimittelforschung Gewinn bringend eingesetzt werden kann.«

»Sie arbeiten mit der Harvard Medical School zusammen?« Win bekommt ein komisches Gefühl, diesmal ein starkes.

»Haben Sie vielleicht schon mal von PROHEMOGEN gehört? Ein Mittel gegen Blutarmut bei Nierenversagen, Chemotherapie, Zidovudin-behandeltem HIV. Der Patient braucht weniger Bluttransfusionen.«

Eine Brise streicht durch die Bäume hinter Nanas Fenster, die Glocken klingen lauter.

»Dr. Reid«, sagt Win. »Würden Sie mir bitte sagen, wann die Probe aus dem Finlay-Fall bei Ihnen eingetroffen ist?«

»Ich glaube, vor zwei Monaten.«

»So lange dauert die Analyse?«

»Theoretisch fünf Tage, eine Woche, aber das ist eine Frage der Priorität. Momentan analysieren wir die DNA aus rund hundert aktuellen Fällen, darunter Serienvergewaltiger und Serienmörder. Man sagte mir, es sei nicht eilig.«

»Verstehe. Das Ganze ist zwanzig Jahre her. Der Täter bringt wahrscheinlich niemanden mehr um.«

»Es war kein Mann. Als Erstes lassen wir immer eine ganz normale STR-Typisierung durchlaufen, und einer der Marker verrät uns das Geschlecht. Beide DNA-Proben stammen von Frauen.«

»Beide? Wie bitte?«

»Wir hatten Kleidungsmuster von Partien aus dem Halsbereich, aus den Achselhöhlen, dem Schritt, überall da, wo man Schweiß oder abgestorbene Hautzellen findet. Sie lieferten uns das Profil einer weiblichen Person, deren DNA von dem der Blutflecken abweicht, die nachgewiesenermaßen vom Opfer stammen«, erklärt Dr. Reid. »Das haben wir schon vor zwei Monaten rausgefunden.«

Das Lager, in dem der Country Club die Aktenberge der letzten Jahrzehnte verwahrt, besteht aus einzelnen Hohlblockeinheiten, die miteinander verbunden sind wie die Waggons eines Zuges. Sie erstrecken sich über ungefähr einen Hektar Land.

Die Einheiten sind klimatisiert, jedoch nicht beleuchtet. Sykes lässt den schmalen Strahl ihrer kleinen Taschenlampe über weiße Kartons schweifen, während Missy auf der Inventarliste den Inhalt überprüft.

»E3«, liest Sykes vor.

»November 1985«, sagt Missy. »Wir kommen der Sache näher.«

Sie machen weiter. Es ist stickig hier, staubig, und Sykes hat es langsam satt, in engen Räumen in alten Kisten zu kramen, während Win durch Neuengland läuft und wer weiß was tut.

»E8«, liest sie.

»Juni 1985. Sieht aus, als ob die ein bisschen durcheinander sind.«

»Wissen Sie was?« Sykes hebt die nächste schwere Kiste aus dem Metallregal. »Wir nehmen einfach alle von 1985 mit.«

Der Portier des historischen Ziegelsteingebäudes in Beacon Hill ist nicht geneigt, Wins Bitte nachzukommen und ihn unangemeldet bei Lamont auftauchen zu lassen.

»Tut mir Leid«, sagt der ältere Mann in der grauen Uniform, ein gelangweilter Portier, der offenbar von morgens bis abends an seinem Tisch sitzt und Zeitung liest. Sie stapeln sich unter seinem Stuhl. »Ich muss ihr Bescheid sagen. Wie ist Ihr Name?«

Du dumme Nuss. Jetzt weiß ich, dass sie zu Hause ist.

»In Ordnung. Dann habe ich wohl keine andere Wahl.« Seufzend greift Win in seine Jackentasche, holt die Brieftasche hervor, klappt sie auf, zeigt seine Ausweise. »Aber Sie dürfen wirklich nichts sagen. Ich ermittle in einer äußerst sensiblen Angelegenheit.«

Der Portier lässt sich viel Zeit, mustert Wins Dienstausweis, seinen Personalausweis, dann sein Gesicht, und in seiner Miene ist etwas Seltsames, Fragendes, vielleicht ein aufgeregtes Funkeln. »Sind Sie nicht …? Ich hab doch was über Sie gelesen, nicht? Jetzt erkenne ich Sie.«

»Ich darf nicht darüber sprechen«, sagt Win.

»Wenn Sie mich fragen: Sie hatten keine Wahl. Sie haben das richtig gemacht. Die Jugendlichen heutzutage taugen nichts mehr.«

»Ich darf nicht darüber sprechen«, wiederholt Win. Eine Frau betritt das Gebäude, Mitte fünfzig, in einem gelben Designerkostüm. Eine Chanelanerin, wie Win die reichen Damen nennt, die es nötig haben, die ineinander verschlungenen Cs von Chanel spazieren zu führen.

»Guten Tag.« Höflich nickt der Portier ihr zu, verbeugt sich fast.

Sie ignoriert Wins Anwesenheit und tut dann so, als würde sie stutzen, schaut ihm unverblümt in die Augen, lächelt, flirtet ein wenig. Win grinst zurück, beobachtet, wie sie zum Aufzug geht.

»Ich fahr mit ihr hoch«, sagt Win zum Portier, und er kann nicht mehr protestieren.

Win steuert auf die sich öffnenden Fahrstuhltüren aus poliertem Messing zu und tritt in einen mit Mahagoni verkleideten Lift. Er bringt ihn zu einem Einsatz, der Monique Lamont nicht gefallen und den sie nicht so schnell vergessen wird.

»Der muss dringend erneuert werden, wie oft muss man das eigentlich monieren? Als könnten wir uns keinen neuen Aufzug leisten«, sagt die Chanelanerin und drückt auf die Taste für den achten Stock. Sie mustert Win von oben bis unten, als sei er ein Hausierer, dessen Kofferrauminhalt sie komplett erwerben will.

Der Aufzug ächzt wie die *Titanic*. Lamont wohnt in diesem Haus, aber niemand weiß, welche Nummer ihre Wohnung hat. Es gibt keine auf ihren Namen.

»Wohnen Sie hier? Ich kann mich nicht erinnern, Sie schon einmal gesehen zu haben«, sagt die Chanelanerin.

»Bin nur zu Besuch.« Win macht ein verdutztes Gesicht, sucht die Tasten ab. »Sie hat gesagt, das Penthouse, aber hier stehen zwei, PH1 und PH2. Oder war es vielleicht doch ...?« Er gräbt in seinen Taschen herum, als suche er einen Zettel.

Der Aufzug hält. Die Türen lassen sich Zeit beim Öffnen. Die Chanelanerin rührt sich nicht, überlegt. »Wenn Sie mir sagen, zu wem Sie wollen, kann ich Ihnen vielleicht helfen.«

Win räuspert sich, senkt die Stimme, beugt sich vor, ihr Parfüm bohrt sich wie ein Eispickel in seine Nasenhöhlen. »Monique Lamont, aber erzählen Sie das bitte nicht weiter.«

Ihre Augen blitzen auf, sie nickt. »Zehnte Etage rechts. Aber sie wohnt hier nicht, kommt selbst nur zu Besuch. Oft. Möchte wahrscheinlich ihre Ruhe haben. Jeder hat ein Recht auf Privatsphäre.« Ihre Augen liegen auf ihm. »Wenn Sie wissen, was ich meine.«

»Kennen Sie sie?«, fragt Win.

»Nicht persönlich. Aber sie ist nur schwer zu übersehen. Und die Leute reden. Und Sie? Irgendwoher kenne ich Sie.«

Win streckt den Arm aus, damit die Türen nicht schließen. »Das höre ich immer wieder. Einen schönen Tag noch.«

Die Chanelanerin wird nicht gern entlassen, sie geht, ohne sich umzusehen.

Win holt sein Handy hervor, ruft Sammy an.

»Tu mir mal einen Gefallen! Lamonts Apartment«, er nennt Sammy die Anschrift, »wem gehört es, wer hat es gemietet et cetera.«

Im zehnten Stock steigt er aus, im schmalen marmornen Gang sind zwei Türen, er klingelt an der von 10SC. Erst beim dritten Mal hört er Lamonts müde Stimme.

»Wer ist da?«

»Ich bin's, Win«, sagt er. »Machen Sie auf, Monique!«

Schlösser werden entriegelt, die schwere Holztür geht auf, Lamont steht in der Tür. Sie sieht furchtbar aus, als komme sie direkt aus der Dusche.

»Was wollen Sie hier? Sie haben hier nichts zu suchen«, sagt sie wütend, schiebt sich das feuchte Haar aus dem Gesicht. »Wie sind Sie reingekommen?«

Er geht an ihr vorbei, steht unter einem Kronleuchter von Baccarat, erblickt kunstvollen Stuck, edle Vertäfelung, prächtiges altes Holz.

»Nette Hütte. Was ist die wert? Ein paar Millionen? Vier oder fünf, vielleicht sechs?«, fragt er.

Sykes sitzt im Büro eines Clubs, dessen Mitglied zu sein sie sich niemals leisten könnte, und fragt sich, ob Vivian Finlay sich für etwas Besseres hielt und Sykes nicht ernst genommen hätte, ob sie sie für ein plumpes Landei gehalten hätte, das nicht weiß, mit welcher Gabel man Salat isst. Die Wahrheit ist leider, dass viele Opfer unsympathisch sind.

Sykes schaut die Papiere durch, ist inzwischen bei Mai. Bisher hat sie erfahren, dass Mrs. Finlay äußerst aktiv war, dreimal pro Woche Tennis spielte, danach immer im Club aß. Nach der Höhe der Rechnung zu urteilen, nie allein; sie bezahlte immer für jemand anderen mit. Anscheinend nahm sie ein- oder zweimal die Woche dort das Mittagessen ein, am Sonntag gern auch den Brunch. Auch da war sie nicht allein, glaubte man der beachtlichen Höhe ihrer Rechnungen.

Mrs. Finlay war auffallend spendabel; Sykes vermutet, dass die reiche alte Dame nicht deshalb so freigebig war, weil sie ihr großes Vermögen gern teilte, denn ihre Gäste waren auch nicht knapp bei Kasse, nicht in diesem Club. Wahrscheinlich gehörte sie zu den Leuten, die jedes Mal die Rechnung übernehmen, weil sie gern den großen Zampano spielen, gern das Sagen haben, über andere bestimmen. Sie gehörte zu den stolzen Menschen, in deren Gegenwart sich Sykes schon immer mickrig und wertlos fühlte. Sie ist mit vielen Männern dieser Sorte ausgegangen, nur Win ist völlig anders.

Wie an dem Abend im Tennessee Grill, als sie zusammen mit ihm den Sonnenuntergang am Fluss genoss, ein besonderer Abend bei Cheeseburger und Bier, und Sykes vor Hoffnung brannte, dass er sich ebenso zu ihr hingezogen fühlte wie sie zu ihm. Sie hofft es bis heute. Sie kann es nicht leugnen, sie denkt, es würde von selbst wieder verschwinden. An dem Abend war sie mit dem Bezahlen an der Reihe. Sie übernimmt das gern, denn im Gegensatz zu anderen Männern kann Win auch etwas annehmen, was nicht heißt, dass er käuflich wäre, das ist er auf keinen Fall. Er ist großzügig und freundlich, aber auch der Meinung, dass alles gerecht verteilt werden sollte, damit beide *die Freude des Gebens erfahren können,* wie er sich ausdrückt. Win wechselt sich immer ab. Am Schießstand, beim Fahren, beim Bezahlen oder einfach beim Reden, er versucht, in allem gerecht zu sein.

Sykes fängt mit den Auszügen für den Monat Juli an und ist ganz aufgeregt, als sie entdeckt, dass Mrs. Finlay nicht nur Platzmiete und Essen bezahlt, sondern auch ein *Gast* auf ihre Rechnung Tennis und Golf gespielt hat. Wer auch immer dieser *Gast* war, vielleicht waren es auch mehrere Personen, überlegt Sykes – innerhalb von zwei Wochen wurden fast zweitausend Dollar für »Kleidung« im angeschlossenen Sportgeschäft ausgegeben und auf Mrs. Finlays Konto belastet. Sykes beginnt mit dem August.

Am 8. August, dem Tag, als Mrs. Finlay ermordet wurde, spielte ein *Gast* Tennis, offenbar allein, denn es ist eine Mietgebühr für eine Ballmaschine aufgeführt, die die gesellige Mrs. Finlay nie benutzt hat. Am selben Tag gab der *Gast* fast tausend Dollar im Tennisladen aus und ließ die Summe auf Mrs. Finlays Rechnung schreiben.

Zwischen Lamont und Win ist nur noch ein antiker Tisch und ihr roter Seidenmorgenmantel.

Es ist fast sieben Uhr abends, die Sonne ist ein roter Feuerball, ein rosa Band zieht sich über den Horizont. Das Fenster ist geöffnet, warme Luft dringt herein.

»Ziehen Sie sich doch an«, sagt Win nun schon zum dritten Mal. »Bitte! Wir sind erwachsene Menschen, Kollegen, die miteinander reden. Dabei sollte es auch bleiben.«

»Sie sind nicht hier, weil wir Kollegen sind. Das ist mein Haus, und ich ziehe an, was ich will.«

»Streng genommen ist das nicht Ihre Wohnung«, sagt Win. »Sammy hat mit dem Verwalter gesprochen. Sieht aus, als würde es dem Chef unseres Kriminallabors nicht schlecht gehen.«

Sie schweigt.

»Monique, woher hat Huber das Geld?«

»Fragen Sie ihn doch!«

»Warum sind Sie in seiner Wohnung? Läuft da was zwischen Ihnen?«

»Ich bin momentan eher obdachlos. Sind Sie bald fertig?«

»Schon gut. Wir kommen gleich drauf zurück.« Win beugt sich vor, stützt die Ellenbogen auf den Tisch. »Ich kann selbst anfangen oder Ihnen die Chance geben, mir die Wahrheit zu sagen.«

»Kollegen, wie Sie sich ausgedrückt haben.« Lamont schaut ihm in die Augen. »Verlesen Sie mir jetzt meine Rechte, weil Sie glauben, ich hätte ein Verbrechen begangen?«

»Die Wahrheit«, sagt Win erneut. »Sie stecken in Schwierigkeiten. Ich kann Ihnen nur helfen, wenn Sie mir die Wahrheit sagen.«

»Ich weiß nicht, wovon Sie sprechen.«

»Das Zimmer über Ihrer Garage«, fährt er fort. »Wer wohnt da?«

»Haben Sie sich einen Durchsuchungsbeschluss besorgt, bevor Sie da rein sind?«

»Ihr Grundstück ist ein Tatort. Das gesamte Grundstück, jeder Quadratmeter. Das muss ich Ihnen nicht erklären.«

Lamont greift zu einer Schachtel Zigaretten, klopft eine heraus, ihre Hand zittert. Es ist das erste Mal, dass Win Lamont rauchen sieht.

»Wann waren Sie zum letzten Mal in dem Apartment über Ihrer Garage?«, fragt er.

Sie zündet die Zigarette an, inhaliert tief, nimmt aber so viel Rücksicht, den Qualm zur Seite auszublasen und nicht in Wins Gesicht.

»Wie lautet der Vorwurf gegen mich?«

»Ach, bitte, Monique! Ich hab's nicht auf Sie abgesehen.«

»Kommt mir aber so vor.« Sie zieht einen Aschenbecher heran.

»Ich will's Ihnen mal langsam erklären.« Win ändert seine Taktik. »Ich bin durch die Seitentür in Ihre Garage gekommen – die war übrigens aufgebrochen, das Schloss war geknackt.«

Lamont bläst Rauch aus, klopft die Asche ab. Das ängstliche Funkeln in ihren Augen wird zu Zorn.

»Ich sehe, dass dort ein Auto gestanden hat, Reifenspuren, Dreck auf der Erde, wahrscheinlich vom letzten Regen. Das muss der Abend gewesen sein, nachdem Sie überfallen wurden.«

Sie hört zu, raucht.

»Ich sehe die ausziehbare Dachtreppe, steige hoch und finde ein scheinbar unbewohntes Gästezimmer vor, bloß sind da Fußabdrücke auf dem Teppich.«

»Und dann haben Sie alles schön durchwühlt«, fügt sie hinzu und lehnt sich auf dem Stuhl zurück, eine Aufforderung, sie auf unziemliche Weise zu betrachten.

»Und wenn, was habe ich da gefunden? Sagen Sie's mir!«

»Keine Ahnung«, gibt sie zurück.

13. Kapitel

Lamont klopft die Asche ab, bläst Rauch aus, sieht Win in die Augen. Der Morgenmantel ist nicht mehr als ein roter Schimmer auf ihrer nackten Haut, in der Taille eng geschnürt, tief ausgeschnitten.

»Es geht um diese High-Tech-Labors in Kalifornien«, beginnt Win. »Mit Biotechnologie und Pharmaforschung ist eine Menge Geld zu machen. Viele Möglichkeiten für Trickserejen und Betrug. Schon komisch, wie so was einen nach dem anderen infiziert. Manchmal werden anständige Menschen reingezogen, und wenn sie aufzufliegen drohen …«

Lamont hört zu, raucht, schaut ihn mit diesem verwirrenden Funkeln in den Augen an.

»Hören Sie mir überhaupt zu?«, fragt Win empört.

»Spielen Sie jetzt den bösen Bullen? Das zieht bei mir nicht. Ich kenne das Spielchen besser als Sie.«

»Glauben Sie etwa, Sie können so mit mir umspringen?«, gibt er zurück. »Mich erst nach Tennessee schicken, um mich dann wieder für Ihren öffentlichkeitswirksamen Fall herzuzitieren? Erst der Drohbrief, dann beschuldigen Sie mich, die Erschießung des Eindringlings sei nicht gerechtfertigt. Wie können Sie so was tun? Was für ein Mensch kommt auf solche Ideen?«

»Ich habe nur angeregt, dass der tödliche Schuss untersucht werden muss. Die Anregung einer Staatsanwältin, die sich an die Vorschriften hält.« Sie sieht ihm in die Augen. »Ich habe mich nur an die Regeln gehalten.«

»Na klar: Sie und Ihre Vorschriften! Sie und Ihre egoistischen Machenschaften! Eine fehlende Ermittlungsakte, ein Mordfall, dessen Akte niemand finden kann. Große Überraschung: Ich habe sie gefunden. Und raten Sie mal, wo: in dem Zimmer über Ihrer Garage. Sind Sie wahnsinnig?«

»Was?« Lamont wirkt überrascht, perplex.

»Sie haben mich sehr wohl verstanden.«

»Die Finlay-Akte war in dem Apartment über meiner Garage? Ich wusste ja nicht mal, dass sie verloren oder überhaupt bei uns im Büro eingetroffen war ... Wo in dem Apartment?«

»Sagen Sie's mir doch!« Win ist stinksauer.

»Würde ich ja, wenn ich's wüsste.«

»Wie wär's mit dem Backofen?«

»Soll das ein Witz sein?«

»Die Finlay-Akte war im Backofen.«

Jetzt hat sie wieder diesen argwöhnischen, verächtlichen Blick. »Dieses zugedröhnte Spatzenhirn«, murmelt sie. »Ein Gedächtnis wie ein Sieb. Damit ich dumm dastehe.«

»Haben Sie die da versteckt?«

»Ich bin doch nicht blöd«, sagt Lamont und drückt die Zigarette aus, als würde sie sie langsam umbringen. »Danke, Win. Sie haben mir unglaublich wichtige Informationen geliefert.«

Sie beugt sich vor, stützt die Arme auf den Tisch, bietet ihm einen verbotenen Anblick. In ihren Augen liegt eine Aufforderung, die er noch nie zuvor gesehen hat.

»Schluss damit, Monique!«, sagt er.

Sie verharrt reglos, wartet, beobachtet Win. Ihre Augen haben einen eigenen Willen, und er kann den Gedanken nicht verdrängen, wie es wohl mit ihr wäre ...

»Lassen Sie das!« Win wendet den Blick ab. »Ich weiß, wie Sie sich fühlen. Ich habe schon mit Opfern sexueller Gewalt zu tun gehabt ...«

»Sie wissen gar nichts! Und ich bin kein Opfer!«

Sie schreit so laut, dass es in der Küche hallt.

»Und ich will keins werden«, gibt er kalt und ruhig zurück. »Ich lasse mich nicht von Ihnen benutzen, damit Sie das Gefühl haben, noch begehrenswert zu sein. Sparen Sie sich das für Ihre Therapie.«

»Ich will Sie benutzen?« Lamont zieht ihren Morgenmantel zusammen. »Das ist ja wohl eher andersherum. Ich denke, Sie benutzen *mich* für *Ihr* Selbstwertgefühl.« Sie setzt sich aufrecht hin, senkt den Blick, blinzelt unter Tränen.

Ein langes Schweigen folgt. Lamont versucht, sich wieder in den Griff zu bekommen.

»Entschuldigung.« Sie wischt sich über die Augen. »Das war ungerecht, es tut mir Leid. War nicht so gemeint.«

»Reden Sie mit mir!«, sagt Win mit ausdrucksloser Stimme.

»Wenn Sie sich die Mühe gemacht hätten, das alles ein bisschen gründlicher zu untersuchen« – sie gewinnt ihre Selbstbeherrschung zurück, ihre schneidende Art – »dann hätten Sie gemerkt, dass ich die Garage gar nicht benutze. Seit Monaten hab ich das Auto nicht mehr reingestellt. Da parkt jemand anders. Oder hat da geparkt. Ich habe keinen Fuß mehr in die Garage gesetzt.«

»Wer dann?«

»Toby.«

»Toby?«, entfährt es Win. Er spürt ein unbekanntes Gefühl. »Diesen Hohlkopf haben Sie auf Ihrem Grundstück wohnen lassen? Mein Gott!«

»Hört sich an, als wären Sie eifersüchtig.« Lamont lächelt, raucht.

»Und Sie hören sich an, als würden Sie Huber eine Menge schulden …« Win kann nicht klar denken. Er stottert fast.

»Das ist unwichtig.«

»Ist es nicht!«

»Er hat gefragt, ob Toby bei mir wohnen könnte, solange er für mich arbeitet. Aber ich wollte ihn nicht im Haus haben.«

Win muss an die Hundert-Dollar-Scheine in Baptistas Tasche denken, an den Benzinkanister, die Lumpen. An die verschwundenen Schlüssel, derentwegen Lamont zur Schlüsselbox auf der Rückseite des Hauses gehen musste, wo es dunkel ist und viele Bäume stehen. Win denkt an Tobys Schwäche für Drogen, an Baptistas Vorstrafe wegen Drogenbesitzes und sein jüngstes Erscheinen vor dem Jugendgericht.

»Darf ich Sie etwas fragen?«, sagt Win. »Wüssten Sie einen Grund, warum Huber Sie lieber tot sähe?«

Lamont zündet sich die nächste Zigarette an, ihre Stimme wird rau vom Rauchen. Sie trinkt nun keinen Martini mehr, sondern schenkt sich ein Glas Weißwein ein.

Sie beobachtet Win, taxiert ihn, registriert, wie er sie ansieht, wartet auf seinen Blick. Mein Gott, er ist das schönste Exemplar von Mann, das sie je gesehen hat, in seiner dunklen Bundfaltenhose, mit dem offenen weißen Baumwollhemd, der samtbraunen Haut, dem rabenschwarzen Haar und diesen Augen, so launisch wie das Wetter. Sie ruft sich in Erinnerung, dass sie ein wenig betrunken ist und wie es wohl wäre, wenn … Dann verbietet sie sich den Gedanken.

Win sagt keinen Ton. Sie weiß nicht, was er denkt.

»Ich weiß, dass Sie keinen Respekt vor mir haben«, bemerkt Lamont und zieht an der Zigarette.

»Sie tun mir Leid«, gibt er zurück.

»Na klar.« Sie spürt, wie Hass in ihr aufsteigt, sich in ihr Herz krallt. »Menschen wie Sie nehmen unsereins aus und werfen uns anschließend fort. Machen Müll aus uns, behandeln uns wie Dreck. Sparen Sie sich Ihr Mitleid für Ihre billigen Flittchen.«

»Sie tun mir Leid, weil Sie leer sind.«

Lamont lacht, und ihr Lachen klingt hohl.

Leer. Am liebsten würde sie wieder weinen. Sie versteht nicht, was mit ihr los ist, kaum hat sie ihre Selbstbeherrschung zurückerlangt, ist sie schon wieder verschwunden.

»Weil Sie etwas suchen, das die Leere in Ihnen füllen soll, Monique. Von allem das Beste: Macht. Ruhm. Mehr Macht. Schönheit. Jeden beliebigen Mann. Das alles ist so zerbrechlich wie Ihr Glas. Die kleinste Enttäuschung, der kleinste Fehlschlag, und alles bricht zusammen.«

Sie wendet sich zur Seite, damit er ihr nicht in die Augen sehen kann.

»Ich frage Sie noch mal, haben Sie die Finlay-Akte in dem Zimmer über Ihrer Garage versteckt, wo Toby wohnte?«

»Warum sollte ich?«, bricht es mit zitternder Stimme aus ihr heraus. »Damit ich sie Ihnen nicht geben muss? Nein. Ich habe es schon gesagt: Ich habe die Akte nie gesehen. Ich dachte, sie wäre in Tennessee.«

»Dann haben Sie nicht mitbekommen, dass sie bei Ihnen im Büro eintraf? Toby sagt, er hätte sie Ihnen auf den Tisch gelegt.«

»Dieser verdammte Lügner! Ich wusste ja nicht mal, dass sie mir zugeschickt werden sollte. Er hat sie wohl abgefangen.«

»Ich soll also glauben, dass Toby sie mit nach Hause genommen und im Zimmer über der Garage versteckt hat. Oder verlegt hat. Oder was auch immer.«

»Ich gehe da nicht rein, nicht seitdem er da wohnt. Das ist für mich ein Gästezimmer, das selten benutzt wird.«

»Er hat es anscheinend auch nicht oft benutzt. Haben Sie ihn nie kommen oder gehen sehen?«

»Ich habe nicht darauf geachtet.«

»Nicht auf sein Auto?«

»Manchmal hab ich's gehört, meistens spätnachts. Ich hab mich aus seinen Angelegenheiten rausgehalten. Ehrlich gesagt, war's mir egal. Ich habe angenommen, dass er ständig mit seinen Drogenfreunden feiert.«

»Vielleicht auch mit einem Drogenfreund namens Roger Baptista. Es sieht so aus, als hätte Toby nie vorgehabt, nach dem Urlaub auf Martha's Vineyard in das Zimmer oder an seinen Arbeitsplatz zurückzukehren.«

Lamont denkt nach, ihr Gesicht ist angespannt, zornig. Voller Angst.

»Warum sollte Toby die Akte verschwinden lassen?« Win lässt nicht locker.

»Aus Vergesslichkeit? Weil sein Hirn leer ist, von Koks zerfressen?«

»Monique!«

»Weil es ihm jemand gesagt hat, was glauben Sie denn? Damit ich inkompetent dastehe, korrupt. Ihnen fehlt die wichtigste Sache, um den Fall zu bearbeiten. Ohne Akte geht das schlecht, oder? Wenn man sie bei mir findet, wirft das ein schlechtes Licht auf mich.«

Win hört zu.

»Jemand hat Toby angewiesen, sie mit nach Hause zu nehmen, und der Hohlkopf hat gehorcht.« Sie überlegt eine Weile. »Dumm, inkompetent. Ob ich lebe oder tot bin. So oder so wird Crawley wiedergewählt.«

»Glauben Sie, der hat etwas damit zu tun?«

»Wie praktisch, dass Toby an dem Abend nicht in der Stadt war. Als Sie auftauchten, als es passierte, war Toby nicht mehr da. Er war schon nach Vineyard aufgebrochen. Keine Zeugen. Dieser alberne Brief, der im Café Diesel hinterlegt wurde, sollte wahrscheinlich sicherstellen, dass Sie nicht bei mir zu Hause aufkreuzen und genau das nicht machen, was Sie getan haben.«

»Also wussten Sie darüber auch Bescheid«, resümiert Win. »Ich rate mal: Huber mit seinen Seidenkrawatten. An dem Abend war es eine rote.«

»Ich hab's erst hinterher erfahren. Jetzt fallen mir noch weitere Gründe dafür ein. Der Brief verhöhnt Sie, soll Sie beschäftigen. Falls Sie bei mir hätten vorbeikommen wollen, mich sprechen ...«

»Wieso nahm Huber das an?«

»Krankhafte Eifersucht. Er glaubt, jeder Mann wäre scharf auf mich. Und jede Frau scharf auf Sie. Toby hat ihn bestimmt sorgfältig ausgewählt, da haben Sie wahrscheinlich Recht« – jetzt ist sie wieder bei Baptista. »Hat ihm Stoff besorgt. Ihn wahrscheinlich im Gericht getroffen. Meinen Sie, er hat ihn bezahlt?«

»Von wem sprechen Sie gerade?«

Lamont sieht ihn an, betrachtet ihn lange. »Das wissen Sie ganz genau.«

»Von Huber«, sagt Win. Es wird nicht leicht sein, ihn zu vernehmen, wenn es so weit ist.

»Wahrscheinlich ist Jessie in meine Garage eingebrochen ...«

»Warum? Um die Akte zu suchen?«

»Na klar. Oder um sicherzustellen, dass sie gefunden wird. Ich weiß es nicht. Keine Ahnung. Ich weiß nur, dass er mich schlecht dastehen lassen wollte. Meinen Ruf zerstören. Nach meinem Tod. Oder jetzt. Wo ich lebe ...«

Lamonts Stimme zittert, ihre Augen füllen sich mit Tränen der Wut. Win beobachtet sie und wartet.

»Und?« Sie kann kaum sprechen. »Hat er auch für die Vergewaltigung bezahlt?« Ihre Stimme versagt, Tränen laufen ihr die Wangen hinunter.

Win weiß es nicht. Er weiß nicht, was er sagen soll.

»Oder nur für den Mord und den Brand, und der Drecksack

hat sich den Sex noch obendrauf gepackt? So was nennt man wohl Gelegenheitsverbrechen.«

»Warum?«, fragt Win leise. »Warum dieser …?«

»Warum dieser Exzess?«, unterbricht Lamont ihn mit gehässigem Lachen. »Warum? Ich bitte Sie, Win! Das sieht man doch jeden Tag: Neid, Hass. Jemanden verhöhnen, fertig machen, bedrohen. Rache nehmen. Jemanden auf möglichst viele schreckliche Arten quälen. Ihn erniedrigen, ihm so viel Schmerzen und Leid wie möglich zufügen.«

Bilder jener Nacht, von ihr. Win versucht sie zu verdrängen.

»Er hat es versucht«, sagt sie. Dann: »Wie viel?«

Win weiß, was sie meint. Er antwortet nicht.

»Wie viel!«

Er zögert. »Tausend Dollar.«

»Mehr bin ich also nicht wert.«

»Das hat nichts damit zu tun, und das wissen Sie genau …«

»Schon gut.«

14. Kapitel

Rex's Guns & Ammo befindet sich auf der Upward Road in East Flat Rock. Das Waffengeschäft ist ein guter Ort für ein vertrauliches Treffen, weil der Laden sonntags geschlossen ist. Beruhigend zu wissen, dass die Leute in North Carolina zwar an Schusswaffen und Tarnkleidung glauben, aber den Sabbat in Ehren halten.

Sykes und Win hocken auf Klappstühlen zwischen Gewehren und Angelgeräten. Ein siebenpfündiger Barsch an der Wand glotzt Sykes an. Gegen einen gläsernen Schaukasten mit Pistolen gelehnt, sitzt der Sheriff von Henderson County, Rutherford, ein Freund des Ladenbesitzers. Er hat sich von Rex den Schlüssel besorgt, um Win und Sykes hereinzulassen, damit sie sich in Ruhe über den Finlay-Fall unterhalten können. Rutherford macht seinem Namen alle Ehre, ein sonderbares Phänomen, das Sykes schon öfter beobachtet hat.

Er ist groß und schwerfällig. Mit eindrucksvoller Lautstärke vertritt er die Interessen einer einzigen Person: seiner. Mehr als einmal hat er darauf hingewiesen, dass Flat Rock sein Zuständigkeitsbereich sei, hat klargestellt, dass George und Kimberly »Kim« Finlay nur von einem abgeführt würden, nämlich von ihm, dass er aber vorher wissen müsse, warum sie überhaupt festgenommen werden sollten. Und so tun Sykes und Win ihr Bestes und erklären ihm geduldig die Sachlage. Sie ist ihnen auf der nächtlichen Fahrt von Knoxville nach North Carolina immer klarer geworden. In einem Best Western Motel setzten sie sich zusammen, analysierten die Informationen aus der Polizeiakte, zu der sie von Anfang an Zugang hätten haben müssen, prüften seitenweise Protokolle, Zeugenaussagen und ungefähr ein Dutzend Fotos, die erschreckend eindeutig waren.

Es war Kim, die Mrs. Finlays brutal zugerichtete Leiche am 8. August fand und um Viertel nach zwei die 911 wählte. Sie behauptete, mit Georges weißer Mercedes-Limousine gefahren zu sein, Besorgungen gemacht und kurz bei der Tante vorbeigeschaut zu haben. Doch einige Stunden zuvor, zwischen halb elf und elf, hatte ein Rentner, der nur wenige Straßen weiter wohnte, Kim mit ihrem roten Mercedes-Cabriolet durch die Gegend fahren sehen. Als Detective Barber sie dazu befragte, brachte sie die simple Erklärung vor, sie sei unterwegs gewesen und habe in Sequoyah Hills gehalten, um mit ihrer Malteserhündin Zsa Zsa auf dem Cherokee Boulevard Gassi zu gehen, »auf dem Boulevard«, wie sie sich ausdrückte. Daran war nichts verdächtig, da der Cherokee Boulevard eine Gegend ist, wo viele Hunde ausgeführt werden, auch von Leuten, die dort nicht wohnen. Kim war nicht aus Sequoyah Hills, aber man wusste, dass sie dort oft mit Zsa Zsa spazieren ging, je nach Wetterlage, und der 8. August war ein herrlicher Tag.

In ihrer Aussage gegenüber Barber spann sie ihre durchaus glaubwürdige Geschichte weiter und behauptete, gegen Mittag mit Zsa Zsa nach Hause gefahren zu sein, nach George gesehen zu haben, der *mit einer Erkältung im Bett* lag, und dann seinen Mercedes genommen zu haben, da ihr Cabrio *nicht mehr viel Benzin hatte und komische Geräusche machte*. Auf dem Weg zur Reinigung sei sie auf die Idee gekommen, bei Mrs. Finlay *vorbeizusehen*, und als die Tante nicht an die Tür kam, ging Kim hinein und bekam den *schlimmsten Schock* ihres Lebens. Tränenreich schilderte sie Barber, wie viel Sorgen sie sich um Mrs. Finlays Sicherheit gemacht hätte. *Sie hat so viel Geld und zeigt es allen, und sie wohnt allein, ist so naiv und viel zu vertrauensselig,* sagte Kim und fügte hinzu, vor wenigen Tagen sei sie mit George *bei ihr zum Essen eingeladen gewesen, und da sahen wir beide einen Schwarzen, der sich in der Nähe des Hauses herumdrückte. Als wir in die Auffahrt einbogen, ging er schnell weiter.*

Selbstverständlich bestätigte George die Version seiner Gattin. Natürlich hatte auch er ein paar Geschichten zum Besten zu geben, so sei er beispielsweise *ziemlich sicher,* dass seine Tante mehrere Tage zuvor ebendiesen Schwarzen bemerkt hätte, als er in der Nähe ihres Hauses die Straße hoch- und runterlief, »herumlungerte«, wie sie sich ausgedrückt hätte. Außerdem war George *ziemlich sicher, wahrscheinlich* einen Hammer auf der Fensterbank im Schlafzimmer seiner Tante liegen gelassen zu haben, mit dem er ein Bild für sie aufgehängt hatte, er wisse nicht mehr genau, wann, aber nicht lange bevor *es passierte.* Eine einleuchtende Theorie bildete sich heraus: Mrs. Finlay kam vom Tennis, vom Einkaufen oder von Ähnlichem nach Hause zurück und überraschte einen Einbrecher, der noch nicht weiter gekommen war, als eine Dose mit Silbermünzen an sich zu nehmen, die angeblich *deutlich sichtbar auf der Kommode im Schlafzimmer* stand.

Auf einem Schmierzettel hatte Barber notiert, beim Eintreffen der Polizei sei Wasser in der Wanne gewesen, ein feuchtes Handtuch habe über dem Wannenrand gehangen und ein größeres, ebenfalls feuchtes Handtuch auf dem Boden im Schlafzimmer gelegen, nicht weit entfernt vom Fundort der Leiche. Barber spekulierte, der Mörder könne sich, als er Mrs. Finlays Auto hörte, *versteckt* und sie beim Ausziehen beobachtet haben, was ihn *möglicherweise erregte.* Vielleicht zeigte er sich ihr, als sie nur noch ihr *blaues Spitzenhöschen* trug, und als sie schrie, entdeckte er den Hammer auf der Fensterbank und schlug zu.

Was Barber nicht in Erwägung zog, jedenfalls nicht schriftlich, war die Möglichkeit, dass Mrs. Finlay bereits in der Badewanne lag, als der Angreifer auftauchte, dass es sich also um eine Person handelte, die sie so gut kannte, dass sie sie ins Schlafzimmer ließ, vielleicht sogar um sich mit ihr zu unterhalten, während sie selbst in der Wanne saß oder sich abtrocknete, vielleicht eine enge Freundin oder Verwandte, mit der sie sich allerdings nicht immer gut verstand. Es schien Barber nie in den Sinn gekommen zu sein, dass Mrs. Finlay von einer ihr nahe stehenden Person getötet worden sein könnte und das Verbrechen dann als versuchte Vergewaltigung getarnt wurde, die nicht weiter ging, als der alten Frau das Tennishöschen auf die Knie herunterzuziehen. Dann schlug der Angreifer sie tot.

Nach Aussage einer Tennispartnerin von Mrs. Finlay hatten sich Kim und Mrs. Finlay im Laufe des Sommers immer öfter gestritten, irgendwann habe Mrs. Finlay *Dinge gesagt wie: Chinesen sollten besser in Waschsalons arbeiten und nicht Menschen wie ihren Neffen heiraten.* Sykes wäre mit absoluter Sicherheit mehr als hellhörig geworden, wenn man ihr als Ermittlerin so etwas erzählt hätte, sie wäre der Lösung immer näher gekommen, hätte die Puzzleteile zusammengefügt und wäre wohl zu dem Schluss gelangt, dass Kim und Mrs. Finlay sich nicht ausstehen konnten und vielleicht Streit bekamen, als Kim an jenem Tag nach dem Tennis – und einer weiteren Shoppingtour zu Lasten von Mrs. Finlays Konto – in dem Haus in Sequoyah Hills vorbeischaute. Und dieser Streit nahm ein böses Ende.

»Klingt für mich trotzdem eher nach Indizienbeweis«, sagt Sheriff Rutherford, den Schaukasten mit Pistolen im Rücken.

»DNA ist kein Indizienbeweis«, bemerkt Win und sieht immer wieder zu Sykes hinüber, wie um den Sheriff zu erinnern, dass sie den Fall gemeinsam bearbeiten.

»Verstehe nicht, warum die sich damals keine DNA besorgt

haben. Ist in den zwanzig Jahren wirklich nichts kontaminiert worden?«

»Vor zwanzig Jahren wurde noch gar nicht auf DNA untersucht«, sagt Win und schaut Sykes an, sie nickt. »Es gab nur den normalen Bluttest, A, B, Null, und der besagte, dass das Blut auf der Tenniskleidung von Mrs. Finlay stammte. Aber vor zwanzig Jahren hat man noch keine Kleidungspartien getestet, die andere biologische Informationen enthalten.«

»Was denn für Partien?«, fragt der Sheriff, langsam ungeduldig.

»Partien, an denen sich die Haut scheuert, die Schweiß, Speichel oder andere Körperflüssigkeiten aufnehmen. Die gibt es überall: an der Innenseite des Kragens, unter den Armen, am Hutrand, in Socken, im Innern von Schuhen, an Kaugummis, Zigarettenkippen. Für solche Untersuchungen braucht man höchst sensible DNA-Technologie. PCR. STR. Man bekommt übrigens keine falschen Positive, wenn die DNA kontaminiert ist.«

Rutherford will sich nicht weiter hineinvertiefen müssen. »Nun ja, George und Kim werden Ihnen keinen Ärger machen. Wie gesagt, ich weiß, dass sie zu Hause sind. Meine Sekretärin hat bei ihnen angerufen und behauptet, sie würde für den Hurrikan-Hilfsfonds sammeln. Diese ganzen Hurrikans, man glaubt es nicht, oder? Der Allmächtige ist unglücklich, wenn Sie mich fragen.«

»Hat ja auch allen Grund dazu«, sagt Sykes. »Überall Ehrgeiz, Gier und Hass, die gleichen Motive, die zum Mord an Mrs. Finlay führten.«

Sheriff Rutherford sagt nichts, sieht Sykes nicht an, richtet das Wort ausschließlich an Win. Er lebt in einer Männerwelt, was wahrscheinlich erklärt, warum es so viele Hurrikans gibt. Sie sind die Strafe, dass Frauen nicht zu Hause bleiben und tun, was ihnen gesagt wird.

»Bevor ihr verschwindet«, sagt der Sheriff zu Win, »würde ich gern noch die Sache mit dem Zugunglück klären, weil ich immer noch vermute, dass es Mord war, vielleicht ging's dabei um organisiertes Verbrechen, die Dixie-Mafia oder so. Und wenn das so ist« – langsam wiegt er seinen schweren Kopf – »dann sollten wir die Sache anders angehen, vielleicht das FBI mit ins Boot holen.«

»Es war auf keinen Fall Mord.« Sykes ist hartnäckig. »Alles, was ich über Mark Holland herausgefunden habe, weist auf Selbstmord hin.«

»Und was ist das: alles?«, fragt der Sheriff Win, als hätte der gerade gesprochen.

»Zum Beispiel, dass Kim ihn in ihrer Ehe ausgenommen hat wie eine Weihnachtsgans, ihn betrogen hat, eine Affäre mit seinem besten Freund hatte, ebenfalls einem Cop. Mark hatte Grund genug, depressiv und fertig zu sein«, erklärt Sykes dem Sheriff.

»Hat Barber womöglich nicht gereicht«, fügt Win hinzu, »aber er hätte schon auf die Idee kommen können, Kims Charakter und Moral in Frage zu stellen. Hat er offenbar auch getan, er hat ja den Amtsarzt in Chapel Hill angesprochen und das Polaroid von Hollands sterblichen Überresten an die Liste der persönlichen Gegenstände von Mrs. Finlay geheftet.«

»Auf einer Liste der persönlichen Gegenstände tauchen Tennisklamotten auf? Und weil die Größe 34 haben, spielt er Sherlock Holmes und stellt eine Verbindung zu einem tödlichen Zugunfall her?« Rutherford schält einen Streifen Kaugummi aus der Verpackung und zwinkert Win zu. »Da ist gleich meine DNA dran, was?« Dann sagt er: »Weiter!« Und kaut. »Na los, ich höre. Bringen Sie das mit dem Zugunglück in Verbindung! Ich bin gespannt!« Er kaut.

»38«, korrigiert Sykes. »Die Tennissachen waren Größe 38.«

»Ich will ja nicht behaupten, Fachmann für Damenbekleidung zu sein, aber ich sehe keinen Zusammenhang zwischen diesem armen Kollegen und den Tennisklamotten der alten Dame. Wollen Sie andeuten, dass Detective Barber annahm, die Sachen wären zu groß für Mrs. Finlay?«, fragt er Win.

»Ich möchte wetten, dass es Barber nicht aufgefallen ist«, wirft Sykes ein.

»Ich hätt's jedenfalls nicht gemerkt«, sagt der Sheriff zu Win. »Und Sie?« Wieder zwinkert er ihm zu, kaut Kaugummi.

»Detective Garano hat es ja als Erster herausbekommen«, erklärt Sykes.

»Eine einfachere Antwort ist vielleicht, dass Barber die blutigen Tennissachen zum Test ins Labor des TBI gegeben hatte«, erwidert Win. »Eine Kopie davon hatte er ans Bild aus dem Leichenschauhaus getackert. Das alles hat er in seine MasterCard-Rechnung von September geschoben, vielleicht weil da die Belastungen von seiner Fahrt zum Amtsarzt in Chapel Hill einen Monat zuvor drauf waren. Manchmal macht man Sachen, ohne drüber nachzudenken. Wer weiß.«

»Das stimmt«, bestätigt Sykes und denkt an die Akte, die Toby Huber nachlässigerweise im Backofen vergessen hat.

»Viele Kleinigkeiten ergeben oft keinen Sinn«, fährt Win fort. »Manche Lücken werden nie geschlossen. Vieles, was rekonstruiert wird, hat wahrscheinlich nicht viel Ähnlichkeit mit dem, was sich tatsächlich im entscheidenden Moment abspielte, in Sekundenbruchteilen, wenn eine Gewalttat ein Leben beendet.«

»Sind Sie so 'ne Art Philosoph oder was?« Rutherford kneift die Augen zusammen, kaut weiter Kaugummi.

Win steht auf, sieht Sykes an, gibt ihr ein Zeichen.

»Wir brauchen nur ein paar Minuten, um die gute Nachricht zu überbringen, dann können Sie sie mitnehmen«, sagt Win zum Sheriff.

Zumindest hat er *wir* gesagt, denkt Sykes. Dazu ist er nicht verpflichtet. Es ist sein Fall, aber sooft sie sich das auch einredet, ist sie enttäuscht, niedergeschlagen, gekränkt. Nach all den dunklen Räumen, den Kartons und Telefonaten, dem verpassten Unterricht und so weiter fühlt es sich an, als sei es ihr Fall, und es würde sie verdammt freuen, wenn *sie* Kim und George Finlay verkünden dürfte, dass sie nicht davongekommen sind, dass sie sich gleich in Handschellen wiederfinden und in einem ganz anderen großen Haus landen werden als dem ihren. Einem Haus mit schwedischen Gardinen.

»Das sind eigentlich nette Leute«, sagt Rutherford zu Win, als sie auf den Parkplatz treten. Er wirft einen abschätzigen Blick auf Sykes' alten VW Rabbit, genauso wie vorher, als die beiden darin vorfuhren. »Rufen Sie mich, wenn Sie fertig sind«, sagt er zu Win. »Ist 'ne Schande, die Leute wegzuschließen.« Kaugummikauen. »Haben hier nie Ärger gemacht.«

»Werden Sie auch nicht mehr können«, gibt Sykes zurück.

Einige Meilen weiter fahren sie über die Little River Road, wo die wohlhabenderen Einwohner von Flat Rock große Häuser und Grundstücke besitzen. Viele sind Sommerresidenzen, deren Besitzer aus so entfernten Orten wie New York, Los Angeles, Boston und Chicago kommen.

Sykes lenkt ihren Wagen von der langen, nicht gepflasterten Auffahrt, parkt an der Seite, im Gebüsch, so dass man sie nicht sehen kann. Zusammen mit Win steigt sie aus und geht auf das Haus zu, das Vivian Finlays Neffe George und seine *zu 93 Prozent ostasiatische* Frau Kim nach Mrs. Finlays Tod erbten. Das wohlhabende Ehepaar ist seit zweiundzwanzig Jahren verheiratet, die Hochzeit fand sechs Monate nach dem Selbstmord von Kims erstem Ehemann statt, Detective Mark Holland, der sich in einer einsamen Gegend in North Carolina vor den Zug warf.

»Na, ich hätte es auf jeden Fall gemerkt«, führt Sykes das Thema weiter, das die beiden nun seit zehn Minuten beschäftigt.

»Zwanzig Jahre später kann man so was leicht behaupten«, erinnert Win sie. »Wir waren nicht dabei.«

»Du meinst, du hättest nicht die Tennisplatzreservierungen überprüft?«, fragt Sykes, während sie die ungepflasterte Auffahrt auf das Haus zugehen, in dem George und Kim ein privilegiertes Leben auf ihrem Altersruhesitz führen. »Ich meine, hab ich ja schließlich auch getan, oder?«

Sie muss Win noch einmal daran erinnern, wie hart sie gearbeitet, wie erstaunlich gründlich und klug sie ermittelt hat.

»Wenn Barber das getan hätte, wäre ihm aufgefallen, dass es nicht Mrs. Finlay war, die an dem Tag die Ballmaschine mietete«, fährt Sykes fort. Zum vierten Mal weist sie nun darauf hin. »Es sei denn, sie hat sich selbst als *Gast* eingetragen. Er hätte nur fragen müssen!«

»Vielleicht hat er es so ähnlich gesehen wie du«, versucht es Win. »Er wollte sich nicht mit einem Club abgeben, den er sich nie hätte leisten können.«

Sykes läuft dicht neben ihm. Win legt den Arm um sie.

»Und, muss sie in den Knast?«, fragt Sykes, aber sie spricht nicht von Kim Finlay.

Sie denkt an Monique Lamont.

»Ich persönlich finde, dass sie gestraft genug ist«, antwortet Win. »Aber ich bin noch nicht fertig mit ihr.«

Schweigend gehen die beiden weiter, in der Sonne. Die lange Auffahrt windet sich zum Haus empor, überall sind Bäume. Win spürt, wie schwer es Sykes ums Herz ist, spürt ihren Schmerz und ihre Enttäuschung.

»Klar, du hast da oben noch eine Menge Sachen zu erledigen«, sagt sie. »Wahrscheinlich fährst du wieder, wenn du mit den beiden hier fertig bist.« Sie sieht zum Haus hinüber.

»Wir könnten ein paar gute Tatortspezialisten in Massachusetts gebrauchen«, bemerkt Win.

Auch Sykes hat den Arm um seine Hüfte gelegt, hält ihn fest.

»Glaubst du, dass es diese Münzdose je gegeben hat?«, fragt Sykes, vielleicht nur um das Thema zu wechseln, um nicht mehr daran zu denken, wo Win wohnt und arbeitet, wo er sein Leben verbringt, wie eng verwoben es mit dem von Lamont ist, auch wenn er es noch so sehr bestreitet.

»Wahrscheinlich schon«, entgegnet er. »Ich nehme an, Kim hat sie eingesteckt, nachdem sie Mrs. Finlay umgebracht hatte. Sie wollte es so darstellen, dass es wie ein Einbruch mit Vergewaltigung aussah, obwohl es eher eine Spontantat war. Ihre Idee war, das Ganze einfach einem Schwarzen anzuhängen. Das funktioniert bestens, besonders damals. Früher haben die Leute wegen meines Vaters ständig die Cops gerufen. Immer wieder. Er stand in seinem eigenen Garten und wurde als Herumtreiber angezeigt.«

Die Sonne brennt ihnen auf den Kopf, die Luft ist kühl, jetzt kommt über den Bäumen das Dach des Hauses in Sicht. Die beiden lassen sich los, gehen getrennt weiter, Kollegen, unterhalten sich über den Fall, Sykes fragt sich immer wieder, warum Jimmy Barber sich nicht wunderte, wo Vivian Finlays Schuhe und Socken waren, was Kim wohl anzuziehen fand, nachdem sie sich ihrer blutigen Tennissachen entledigt hatte; Sykes fragt sich so einiges.

Sie stehen vor dem Haus. George und Kim Finlay, inzwischen Mitte sechzig, sitzen in weißen Stühlen auf der breiten Veranda und essen zu Mittag.

Win und Sykes betrachten das Paar.

»Sie gehören dir«, sagt er leise.

Sykes sieht ihn an. »Wirklich?«

»Das ist dein Fall, Partner.«

Sie gehen über die Schieferplatten auf die Holztreppe zu, die zur Veranda hinaufführt. Das Ehepaar hat zu essen aufgehört. Kim erhebt sich, eine kleine, untersetzte Frau mit zurückgestecktem, ergrauendem Haar, dunkel getönten Brillengläsern und Stirnfalten, die verraten, dass sie oft finster dreinblickt.

»Haben Sie sich verlaufen?«, fragt sie laut.

»Nein, Ma'am, ganz und gar nicht«, sagt Sykes und betritt mit Win die Veranda. »Ich bin Special Agent Delma Sykes vom Tennessee Bureau of Investigation, und das ist Investigator Winston Garano von der Massachusetts State Police. Habe ich letztens mit Ihnen telefoniert?«, fragt sie George.

»Ähm, ja.« George räuspert sich, ein schmaler Mann mit weißem Haar. Er wirkt unsicher, zieht die Serviette aus seinem Izod-Hemd, weiß nicht, ob er sitzen oder stehen soll.

»Aufgrund von neuen Beweisen wurden die Ermittlungen im Mordfall Vivian Finlay wieder aufgenommen«, erklärt Sykes.

»Was für Beweise sollen das nach so vielen Jahren sein?«, fragt Kim, tut ahnungslos, macht sogar ein betrübtes Gesicht, als sei die Erinnerung sehr schmerzlich.

»Ihre DNA, Ma'am«, entgegnet Sykes.

15. Kapitel

Er und Nana, auf geheimer Mission, Mitte Oktober, der Abend frisch und kühl, Neumond.

Watertown, sie fahren zu einem Haus, wo am Wochenende im Keller heimlich Hundekämpfe stattfinden, wie eine Klientin Nana berichtet hat. Furchtbare, grausame Kämpfe – Möpse, Terrier, Bulldoggen, Pitbulls, ausgehungert, gepeinigt, werden für zwanzig Dollar Eintritt in Stücke gerissen.

Win hat den Blick von Nana noch immer vor Augen, als sie an die Tür klopfte, und den ungläubigen Gesichtsausdruck des Mannes, als sie einfach in das verwahrloste dunkle Haus spazierte.

Ich habe dich hier zwischen meinen Fingern, sagte sie und hielt zwei Finger hoch, presste sie aufeinander. *Und ich drücke zu. Wo sind die Hunde? Die werden wir jetzt nämlich mitnehmen.* Vor dem bösen, seelenlosen Gesicht des Mannes kniff sie die Finger so fest zusammen, wie sie konnte.

Alte Hexe!, schrie er.

Los, schau mal in deinen Hof, schau dir die ganzen glänzenden neuen Pennys an!, sagte Nana, und vielleicht beschönigt die Zeit die Erinnerung, aber so wie Win es im Kopf hat, kam in dem Moment, als sie von den Pennys sprach und der Mann ans Fenster trat, ein frischer Wind auf. Ein Ast schlug gegen die Scheibe und zerbrach sie.

Nana und Win fuhren mit einem Wagen voller Hunde davon, bedauernswerte, verstümmelte Kreaturen, und er weinte hemmungslos, wollte sie streicheln, irgendetwas tun, damit sie nicht so zitterten, nicht so litten. Und als sie die Hunde zur Tierklinik gebracht hatten, fuhren sie heim, es war sehr kalt, im Haus war der Ofen angemacht worden, und Wins Eltern und Pencil waren tot.

»Pencil?«, fragt Monique Lamont hinter ihrem Glastisch.

»Mein tollpatschiger gelber Labradormischling. Pencil, weil er als Welpe immer meine Stifte zerkaut hat«, erklärt Win.

»Kohlenmonoxidvergiftung.«

»Ja.«

»Wie furchtbar.« Es klingt leer, als Lamont das sagt.

»Ich dachte, es wäre meine Schuld«, erklärt er. »Vielleicht denken Sie dasselbe über das, was mit Ihnen passiert ist, dass Sie irgendwie schuld daran sind. Vergewaltigungsopfer glauben das oft. Das wissen Sie genau. Das haben Sie bei Ihrer Arbeit und vor Gericht oft genug erlebt.«

»Ich bin kein Opfer.«

»Sie wurden vergewaltigt. Sie wurden beinahe umgebracht. Aber Sie haben Recht: Sie sind kein Opfer. Sie waren eins.«

»So wie Sie.«

»Auf eine andere Art.«

»Wie alt waren Sie?«, fragt Lamont.

»Sieben.«

»Geronimo«, sagt sie. »Das habe ich mich schon immer gefragt: Warum *Geronimo*? Wegen Ihres Mutes? Ihrer Zielstrebigkeit? Rache für den Tod Ihrer Familie? *Der große Apachenhäuptling.*«

Lamont ist wieder ganz sie selbst in einem schicken schwarzen Hosenanzug. Die Sonne lässt jedes Glasstück in ihrem Büro blitzen. Win hat das Gefühl, mitten in einem Regenbogen zu sein, in ihrem Regenbogen. Wenn sie die Wahrheit sagt, die ganze Wahrheit, dann besteht Hoffnung.

»Weil Sie ein Held werden mussten?«, fragt sie in dem Bemühen, warmherzig zu klingen und ihre Angst zu verbergen.

»Sie mussten ein großer Krieger werden, weil sonst keiner mehr übrig war?«

»Weil ich mich wertlos fühlte«, sagt Win. »Ich wollte keinen Sport machen, nicht gegen andere antreten, in keiner Mannschaft spielen, wollte nichts machen, wo ich mich mit anderen messen musste und herausgekommen wäre, wie wertlos ich bin. Deshalb blieb ich immer allein, las, malte, schrieb, beschäftigte mich mit mir selbst. Nana nannte mich Geronimo.«

»Weil Sie sich wertlos fühlten?« Lamont greift zum Mineralwasser, ein verständnisloser Ausdruck in ihrem wunderschönen Gesicht.

Seine Großmutter sagte immer zu ihm: *Du bist Geronimo, mein Schatz. Vergiss das nie, mein Liebling!*

»Eines der bekanntesten Zitate von Geronimo lautet: *Ich kann nicht glauben, dass wir wertlos sind, sonst hätte Gott uns nicht erschaffen. Die Sonne, die Dunkelheit, der Wind, alles hört zu, was wir zu sagen haben*«, erklärt Win. »Das ist es, was ich über mich zu sagen habe. Die Wahrheit, Monique«, fügt er hinzu. »Jetzt sind Sie an der Reihe! Ich höre Ihnen zu, aber nur wenn Sie mir wirklich alles sagen.«

Sie trinkt einen Schluck Wasser, sieht ihn an, überlegt. »Warum sollte Sie das interessieren, Win? Wieso?«

»Aus Fairness. Die schlimmsten Sachen, die passiert sind, gehen nicht auf Ihre Kappe.«

»Würde es Ihnen etwas ausmachen, wenn ich ins Gefängnis müsste?«

»Sie gehören nicht ins Gefängnis. Das wäre unfair gegenüber den anderen Insassen.«

Sie muss lachen. Aber die Heiterkeit vergeht schnell wieder. Sie trinkt vom Wasser. Ihre Hände sind nervös.

»Hier geht's doch nicht nur um Ihre Bewerbung zur Gouverneurin, oder?«, fragt Win.

»Offenbar nicht«, erwidert sie und lässt ihn nicht aus den Augen. »Nein, natürlich nicht. Es war ein doppelter Plan. Dass ich die Finlay-Akte verliere und sie auf meinem Grundstück gefunden wird, hätte die Initiative lächerlich gemacht, hätte mich und die Staatsanwaltschaft lächerlich gemacht. Huber hätte sich beim Gouverneur einschmeicheln können. Ich bin überzeugt, dass die beiden unter einer Decke stecken. Ich sollte entweder ermordet oder fertig gemacht werden, oder beides. Auf meiner Beerdigung hätte niemand ein freundliches Wort über mich verloren. Wertlos. Das Wort ist auch mir nicht unbekannt, Geronimo.« Sie hält inne, sieht ihn an. »Wertlos und dumm.«

»Der Gouverneur wollte sie ermorden lassen?«

Lamont schüttelt den Kopf. »Nein. Er will nur nicht, dass ich die Wahl gewinne. Jessie will, dass der Gouverneur ihm dankbar ist – was glauben Sie wohl, wie er dahin gekommen ist, wo er heute steht? Er tut den Leuten Gefallen. Er manipuliert. Er wollte, dass ich tot bin, denn das hätte Crawley das Leben sicherlich erleichtert. Aber dafür fehlt unserem guten Gouverneur der Mumm. Jessie will immer alles in großem Stil. Besonders Geld.«

»Insidertrading, Monique? Aktien eines High-Tech-DNA-Labors, das in Kürze in aller Munde sein wird?«

Lamont greift nach der Wasserflasche. Sie ist leer. Lamont zieht den Strohhalm heraus und wirft ihn in den gläsernen Mülleimer unter ihrem Tisch.

»PROHEMOGEN«, sagt Win. »Eine DNA-Technik, mit der man das passende Medikament für jeden Patienten findet. Das Labor, das Sie für Ihren Mediencoup ausgesucht haben, erstellt zwar auch ethnische Profile in Kriminalfällen, aber das große Geld verdient es mit anderen Dingen.«

Lamont hört zu. Auf ihrem Gesicht ist der vertraute Ausdruck, wenn sie die Puzzleteile eines Falls zusammenfügt.

»Der Hauptumsatz wird dort mit Genomanalyse gemacht, mit deren Hilfe die nächste Generation von Supermedikamenten entwickelt wird. Da steckt 'ne Menge Geld drin«, erklärt Win.

Sie erwidert nichts, lauscht aufmerksam.

»Dieses Labor in Kalifornien«, fährt Win fort. »Die ganze Medienaufmerksamkeit wegen der ermordeten Frau in Tennessee, die Sie und der Gouverneur bekommen. Na, das ist doch unbezahlbare Publicity, oder? Das lenkt den Blick auf diese Firma mit ihrer lukrativen Biotechnologie, ist sozusagen Gratiswerbung, und was ist die Folge? Der Börsenkurs steigt. Wie viele Aktien besitzen Sie?«

»Das erklärt zumindest eines«, erwidert Lamont. »Es sollte so aussehen, als hätte ich die Akte mit nach Hause genommen und versteckt. Aber sie musste auf jeden Fall gefunden werden.«

Eine Weile schaut Win seine Chefin an. »Ganz schön gerissen. Sie werden fertig gemacht, aber ansonsten läuft alles. Irgendwann wird die Akte gefunden. Das gibt noch mehr Publicity. Auf Ihre Kosten. Vielleicht wird der Fall gelöst, vielleicht auch nicht, aber das Labor in Kalifornien bekommt jede Menge Werbung.«

»So oder so. Auch jetzt schon. Der Fall ist gelöst.«

»Das Labor hat nichts falsch gemacht. Ganz im Gegenteil, die können sich nichts vorwerfen. Haben zur Lösung beigetragen.«

Lamont nickt geistesabwesend.

»Die traurige Wahrheit ist, dass die ermordete alte Frau völlig nebensächlich war«, sagt Win. »Die an der Macht sind, interessiert das nicht.«

Lamont denkt nach, versucht wahrscheinlich, das Gespräch in eine Richtung zu lenken, die ihr genehm ist. »Ich weiß, dass sie mir kaum glauben werden, aber mich hat das schon interessiert. Ich wollte, dass der Fall gelöst wird.«

»Wie viele Aktien besitzen Sie?«, wiederholt Win.

»Keine.«

»Wirklich nicht?«

»Auf so eine Idee wäre ich nie gekommen. Ich hatte noch nie von der Firma gehört, aber Jessie weiß in seinem Job natürlich über alle möglichen Neuerungen Bescheid, über all diese privaten Labors, die auf der ganzen Welt wie Pilze aus dem Boden schießen. Ich wusste nichts davon, von diesem kalifornischen Labor. Ich dachte, wir würden an einem zwanzig Jahre alten Mordfall arbeiten, aus dem eine öffentlichkeitswirksame Initiative namens *At Risk* würde. Wirklich.«

»Waren Sie am Abend vor dem Überfall mit Huber zusammen? Sind da Ihre Schlüssel verschwunden? Sie haben gesagt, Sie wären verabredet gewesen und von da, wo Sie übernachtet hätten, am nächsten Morgen zur Arbeit gefahren.«

Auf Lamonts gläsernem Schreibtisch läuft ein Minidisc-Recorder. Win macht sich Notizen.

»Wir waren essen. Das kann nicht sein ... Ich trau ihm ja einiges zu, aber das ...«

»Motiv!« Win lässt nicht zu, dass Lamont sich vor der Antwort drückt.

Sie nimmt sich Zeit. »Jessie und ich sind befreundet. So wie Sie mit Jessie befreundet sind.«

»Das möchte ich mal bezweifeln.«

»Anfang des Jahres hat er mir ein paar Aktientipps gegeben.« Lamont räuspert sich, versucht die Stimme zu halten. »Die haben Geld gebracht. Eine Woche später habe ich gemerkt, was da lief. In der Zeitung stand, die Bundesbehörden hätten ein bestimmtes Medikament zugelassen, das in diesem Labor hergestellt wird. Aber es ist nicht das Labor mit dem Finlay-Fall, ein anderes.«

»Reicht das als Motiv, um Sie umbringen zu lassen?«

»Er bekommt Insidertipps, weil er Tausende von DNA-Proben, die für unsere Datenbank und für Datenbanken anderer Bundesstaaten auf seine Empfehlung hin analysiert werden, an Subunternehmer vergibt. Er tätigt größere Anschaffungen für seine Labors, empfiehlt anderen Labors, dieselben Geräte zu kaufen. Das geht schon seit Jahren so.«

»Das hat er Ihnen alles erzählt?«

»Nach seinem Aktientipp passte auf einmal eines zum anderen.« Lamont blickt auf den Recorder. »Je mehr er mir erzählte, desto tiefer steckte ich mit drin. Ich habe mich des Insidertradings schuldig gemacht. Als Nächstes kommt Verabredung zur Verübung einer Straftat, weil ich wusste, was der Direktor der staatlichen Kriminallabors im Schilde führte, und nichts dagegen unternahm. Ganz zu schweigen von …«

»Genau. Von Ihrer nicht nur rein beruflichen Beziehung zueinander.«

»Er liebt mich«, sagt sie mit ausdrucksloser Stimme und Blick auf den Recorder.

»Sonderbare Art, das zu zeigen.«

»Ich habe vor mehreren Monaten Schluss gemacht, nachdem er mir diesen Tipp gab. Als mir klar wurde, wo er seine Finger drin hat, wo er mich reingezogen hat. Was für ein Mensch er ist. Ich habe ihm gesagt, dass ich ihn nicht mehr liebe.«

»Haben Sie ihm gedroht?«

»Ich habe ihm gesagt, ich wollte nichts mehr mit seinen illegalen Spielchen zu tun haben, das müsste aufhören. Wenn nicht, würde es Konsequenzen haben.«

»Wann haben Sie das gesagt?«

»Im Frühjahr. War wahrscheinlich nicht besonders klug«, murmelt sie, ohne den Blick vom Recorder abzuwenden.

»Sie hätten einen Anwalt hinzuziehen können«, erinnert Win sie. »Ihre Aussage ist freiwillig. Ich habe Sie zu nichts gezwungen.«

»Schöner Anzug, übrigens.« Lamont betrachtet Wins hellgrauen Zweireiher, schluckt, versucht ein Lächeln.

»Emporio Armani, aus der vorvorletzten Saison, siebzig Dollar. Ich habe Sie zu nichts gezwungen«, wiederholt Win.

»Nein, das stimmt«, entgegnet sie. »Und ich mache alles mit.«

»Werden Sie gegen Huber aussagen?«

»Wird mir ein Vergnügen sein.«

Win nimmt den Recorder, lässt die Minidisc herausspringen. »Haben Sie sich schon mal überlegt, dass Sie hier genug Glas haben, um das gesamte Haus in Brand zu setzen?«

Er greift zu einem Briefbeschwerer aus Kristall, hält ihn in die durchs Fenster hereinfallende Sonne, richtet einen heißen weißen Punkt auf die Minidisc. Lamont sieht fasziniert zu, wie ein dünner Faden Rauch aufsteigt.

»Was machen Sie da?«, fragt sie.

»Sie leben hier wie in einer Zündholzschachtel, Monique. Jeden Augenblick könnte ein Brand ausbrechen. Vielleicht sollten Sie etwas vorsichtiger sein, die Hitze woanders hinlenken, nicht auf sich. Richten Sie sie darauf, wo sie hingehört.«

Win reicht ihr die kaputte Minidisc, ihre Finger berühren sich. »Falls Sie kalte Füße bekommen. Sehen Sie sich die hier an, und denken Sie daran, was ich gesagt habe.«

Lamont nickt und schiebt die kaputte Minidisc in ihre Tasche.

»Und noch ein Rat: Wenn Sie befragt werden, zum Beispiel von einer Anklagejury«, fügt er hinzu, »würde ich unwichtige Einzelheiten nicht erwähnen. So wie ich es sehe, werden die meisten Leute annehmen, dass Huber Ihnen eine Falle gestellt und sich mit dem Gouverneur zusammengetan hat, aus Eifersucht und Rachsucht, weil Sie ihn nicht mehr wollten. Und aus Habgier. Ohne Ende. Ich habe das meiste aufgeschrieben. Alles Wichtige.« Win hält den Block hoch. »Habe nur die unwichtigen Informationen weggelassen. Zum Beispiel Hubers Aktientipps, seine illegalen Aktivitäten, von denen er Ihnen erzählte, die Sie aber nicht verfolgten. Ist nicht zu beweisen. Sie können sich von sich aus für irgendwelche Investitionen entschieden haben, so etwas muss ja nicht bedeuten, dass Sie Insiderinformationen hatten, oder? Sein Wort gegen Ihres.«

Lamont betrachtet Win, mustert ihn. Win drückt die Ruftaste auf seinem Handy.

»Sammy?«, sagt er. »Huber soll zur Vernehmung gebracht werden. Ja. Es ist so weit. Besorg einen Haftbefehl, wir durchsuchen alles, was ihm gehört. Ach ja, und unseren kleinen Freund Toby kannst du auch mitbringen.«

»Mit Vergnügen. Überlass das ruhig mir«, sagt Sammy.

»Versuchter Mord, Verabredung zum Mord, Brandstiftung. Und, mal sehen …« Win schaut Lamont an, in ihren Augen ist wieder das alte stählerne Blitzen zu sehen. »Das FBI wird sich freuen, von Hubers Verstößen gegen die Börsenaufsichtsbehörde zu hören.«

»Und jetzt? Was ist mit mir?«, fragt Lamont, als Win aufgelegt hat. »Glauben Sie wirklich, dass die Sache für mich gut ausgeht?«

»Komisch, dass sich das nie ändert«, sagt Win, erhebt sich vom Stuhl, lächelt sie an. »Komisch, dass es immer nur um Sie geht, Monique.«